Rudolf Rolfs (1920 in Stettin geboren)

gründete 1950 das satirische Theater DIE SCHMIERE („das schlechteste Theater der Welt") und beherrschte 39 Jahre als Multitalent die Bühne: Er war Autor (kreierte über 50 Stükke), Akteur, Regisseur und Platzanweiser, aber auch genialer Werbe- und Finanz-Manager seines Theaters.

Unter seiner Feder sind weit über 40.000 Aphorismen und mehr als 40 Bücher entstanden.

Der engagierte Satiriker etablierte auch ab 1981 in seinem Wohnhaus den „Salon d'esprit", eine jedem Interessenten zugängliche Gesprächsrunde über psychologische, philosophische und politische Themen.

Er starb ganz plötzlich im April 2004, hatte aber bereits 2003 seine Stimme auf einem Tonband für den letzten „Salon" über das Thema „Sterben" hinterlassen:

Liebe Menschen,

Ja, es ist nett von Ihnen, daß Sie gekommen sind, um von mir Abschied zu nehmen. Das ist allerdings faktisch nicht mehr möglich, weil es mich schon nicht mehr gibt. Ich bin gestorben. Ich bin gestorben, ohne mich mit kleinen menschlichen Lügen über die Realität des Todes hinweggeschwindelt zu haben. Während ich dies spreche, bin ich fast 83 Jahre und es steht mir statistisch schon lange zu, das Terrain zu räumen.

Ich bin 1920 geboren und habe auf meiner Strecke mehr erlebt, als ich mir hätte ausdenken können. Ich habe auf Wunsch von Gilberte einige hunderte Erlebnisse aufgeschrieben, so zum Beispiel, daß ich als junger Mann wochenlang – eine rechtlose Kreatur – auf der Flucht war und wie ich viele Monate in wunderschönen Gegenden gelebt habe. Ich habe viele Frauen geliebt, Enttäuschungen ebenso erlebt wie beglückende Episoden, bis ich vor einigen Jahren bei meiner Suche nach der idealen Partnerschaft belohnt wurde. Danke Gilberte!

In über 11.000 Vorstellungen meines Theaters bemühte ich mich, unabhängig und mit reinem Gewissen, provokativ und unterhaltsam in satirischer Form die Diskrepanzen zwischen den Idealen und den Realitäten aufzuzeigen – so hat es Schiller einmal definiert bezüglich der Satire. Ich weiß, daß es mir gelang, Anstöße zu geben und Anstoß zu erregen, so daß ich damit rechne, daß mancher Nachruf von Zorn und Schmähungen diktiert sein wird.

Hier, in meinem „Salon d'esprit", haben wir über hundertmal über viele Themen debattiert und gestritten. Heute bin ich zum letzten Mal mit von der Partie, wenn auch nicht mit persönlicher Präsenz. Ich denke, daß mein Vorschlag, sich über das Sterben zu unterhalten, gerade heute besonderen Sinn gibt. Nicht über den Tod, nein, er ist ein Begriff, der heuchlerisch suggerieren soll, er wäre ein Zustand. Vielleicht sind ein paar meiner Aphorismen Stolpersteine oder auch Hilfe zum Thema.

Ich bin, während ich dies alles spreche, in meinem kleinen Blockhaus in Finnland auf PIENI LINTUSAARI, das heißt „kleine Vogelinsel". Seit fast 30 Jahren erlebte ich hier die Sommermonate in meiner realen Traumlandschaft. Kein Haus sonst gibt es in diesem Naturschutzgebiet und ich lebte die meiste Zeit hier ganz allein im Genuß der weitestgehenden Freiheit, die es geben kann, dem Alleinsein. Ich begegnete Elchen, zuweilen sogar Bären. Allein diese Aufenthalte wären ein Leben wert gewesen! Ich werde von der wundervollen Welt Abschied nehmen, die sich mir so oft ideal präsentierte. Ja, ich haben genossen: Das Leben, das Lieben, die Einsamkeit, die Begegnungen, die Zweisamkeiten, die Gespräche, die Konfrontationen – eigentliche war alles viel zu viel für ein Leben. Wie oft schwappte es über in Euphorie! Ich empfehle, es ähnlich wie ich zu machen, und der Abschied wird Euch dann ebenso leicht fallen wie mir, weil dann das Sterben kein Grund mehr zur Traurigkeit sein kann. Sollte ich etwa ein Egoist sein, der immer noch mehr erleben will, während das Kontingent für ein Individuum schon längst überzogen ist? Ja, ich bin sentimental, aber ich bin nicht traurig, meine Zeit ist abgelaufen, genießt Eure.

Lebt wohl!

Rudolf Rolfs

DIE KUNST FREI ZU LEBEN

Marburg
2005

Deutschhausstr. 42, 35037 Marburg;
Fax: 06421-614198; *verlag@gwv-marburg.de*

Herstellung: Görich & Weiershäuser
Marburg 03/2005

ISBN 3-89703-635-5

Vorwort

Die Begegnung mit Rolf

Wie kam ich dazu, damals im Januar 1997 auf diese Anzeige in der „Rundschau" überhaupt zu antworten? Es war wahrscheinlich die große Lust, wieder einen Partner haben zu wollen. – Ja, meine „Jugendliebe" war endgültig zu Ende, nach einer tumultuösen Beziehung, die 35 Jahre anhielt. –

Jedenfalls war es eine spontane Aktion, spielerisch die mich ansprechende Anzeige zu suchen. Bei „Autor erhofft intelligente, agile Partnerin..." blieb mein Blick bei „erhofft" stehen. Danach kam die Überlegung: Wenn dieser Mann eine „intelligente" Frau sucht, ist er natürlich klug.

So fing die ganze Sache an. Ich kritzelte einige für ihn bestimmte Zeilen auf eine Karte – ungefähr so (aber besser formuliert): „Ich bin in Brüssel aufgewachsen und genoß eine bürgerliche Erziehung (trotzdem halte ich nicht viel von Konventionen...). Zweimal war ich – mit dem gleichen Mann – verheiratet. Unsere Kinder sind erwachsen und selbstständig. Meine Freunde empfinden mich als sehr kommunikativ und tolerant. Ich genieße das Leben und bin, mit 52, offen für eine neue Liebe."
Drei Tage später klingelte das Telefon...
Seine Stimme klang warmherzig, er war witzig und eloquent. „Ich schicke Ihnen ein Buch von mir und wenn Sie es gelesen haben und es Ihnen gefallen hat, können Sie mich zurückrufen", sagte er.
Und es gefiel mir!

Auf Seite 170 angekommen habe ich ihn angerufen und wir verabredeten uns – zum Tee – bei ihm zu Hause. Natürlich gab er mir eine minutiöse Wegbeschreibung.

In Waldacker angekommen brauchte ich nicht zu klingeln; er kam mir schon entgegen und sprang über den Bürgersteig, um mich herzlich zu begrüßen! Er zeigte sich extrem charmant und zuvorkommend. Nach Stunden spannender Unterhaltung haben wir so viel Gemeinsamkeiten entdeckt, es war wie ein Traum! Inzwischen hatte es geschneit und ich blieb einfach bei ihm...

Es folgte die schönste Zeit meines Lebens! Wir beide genossen diese extraordinäre Mischung aus Freiheit und Liebe! Jeder respektierte die Freiräume des Anderen. Trotzdem hatten wir ständig innige Antennen zueinander. Unsere Treffen waren immer ein Fest! Bei den Reisen und Aufenthalten im Ausland schwammen wir in sinnlicher Zärtlichkeit und – dank unserer großer Lebenserfahrung – in gegenseitiger Rücksichtnahme. Viele weise Gedanken tauschten wir aus, aber wir konnten auch richtig albern sein!
Er war – mit Recht – stolz auf seine vielfältigen Talente. Seine einzige Angst war, eines Tages krank und abhängig zu werden.
Nach 7 Jahren und 77 Tagen höchsten Glücks hat in Italien sein Herz plötzlich nicht mehr mitgemacht...
Ich saß neben ihm, als er innerhalb von 15 Sekunden starb. Es war Ostermontag, der 12. April 2004.

Im Dezember 2004

Gilberte

Rolf vermachte mir Anekdoten und Erinnerungen aus seinem Leben, aus denen ich folgende Auswahl getroffen habe:

Kindheit und Jugend

1923 - 1939

Die erste Rundfunksendung in Deutschland

1923

Ich war drei Jahre alt und wir wohnten in Berlin.

Ich wurde Zeuge eines historischen Ereignisses. Mein Vater, technischen Dingen gegenüber schon aus beruflichen Gründen sehr aufgeschlossen, setzt mir den Kopfhörer auf, und ich habe noch vor Augen, wie er erwartungsvoll meine Überraschung registrierte. Es soll die erste öffentliche Sendung der „Berliner Funkstunde“ gewesen sein, die Geburtstunde des deutschen Rundfunks. Es muß auf mich tatsächlich großen Eindruck gemacht haben, denn es ist eine der ganz wenigen Erinnerungen an meinen Vater, der ein Jahr später starb.

Das Gerät, mit dem wir die Sendungen empfingen, hatte irgend jemand – vielleicht mein Vater selbst – zusammengebastelt. Auf einem kleinen Tablett war eine etwa zwanzig Zentimeter lange Spule feinen Drahtes, auf der man mit einem Blechtaster die Frequenz suchen mußte. Außerdem gab es einen Kristall, auf dem man mit einer feinen Metallspitze ebenfalls hantieren mußte. Ich habe das noch gut in Erinnerung, denn noch zehn Jahre später war es als „unser Radio“ in Gebrauch, bis 1935 meine Mutter von einem Bekannten ein von ihm konstruiertes Gerät mit Lautsprecher geschenkt bekam.

Was machte der Mann hinter dem schwarzen Tuch?

1926

Nein, ich war kein verwegener Knabe, eher ein ängstliches Bürschchen. Und als ich drei, vier Jahre jung war, hatte ich ganz konkret Angst davor, fotografiert zu werden. Damals steckte der Fotograf, besonders bei Gruppenaufnahmen, seinen Kopf unter ein schwarzes Tuch, und ich dachte mir, daß er, das Fotoauge auf mich gerichtet, etwas Böses vorhatte. Es gibt ein Bild, das irgendwo an der Ostsee aufgenommen wurde. Meine Mutter sitzt im Liegestuhl auf einer hohen Sandburg, und ich stehe flennend daneben. Über uns weht eine schwarz-weiß-rote Reichskriegsflagge. Wegen ihr hätte ich weinen sollen und nicht wegen des harmlosen Fotografen. Diesen nationalistischen Plunder trug meine Mutter in memoriam meines verstorbenen Vaters mit sich. So gibt es ein Bild, ein paar Jahre später, das mir heute noch peinlich ist ob seines deutschtümelnden Kitsches: Ich stehe mit einem Freund – wir beide natürlich im obligaten Matrosenanzug – vor einem, sicherlich für einen Festzug vorbereiteten, mit Girlanden und Fahnen drapierten Handwagen und einem Schild: „Deutschlands Zukunft!“ Wie gut, daß das, was die Erwachsenen sich als „Zukunft“ vorstellten und verbrecherische Gegenwart wurde, nun schon längst Vergangenheit ist. Durch welche Wechselbäder deutscher Geschichte mußten wir waten und wie viele mußten in ihnen ertrinken!

Jugend forscht

Oft spielte ich mit meiner zwei Jahre jüngeren Cousine im Garten meiner Großmutter. Jetzt war ich sechs Jahre alt. Im kleinen Gartenhaus machte ich ihr den Vorschlag, daß ich ihr mein Pimmelchen zeigen würde, wenn sie mir dafür ihr entblößtes „Untenrum“, wie es dämlicherweise genannt wurde, vorführte. Ohne Bedenken ging sie darauf ein, kniete sich so, daß sie aus dem Fenster sehen konnte, ob irgend jemand in der Nähe sei, lupfte ihr Höschen, und ich hatte zum ersten Male in meinem Leben das vor Augen, was ansonsten peinlichst gehütet wurde. Zugegeben, die Chose war enttäuschend und ich kapierte nicht, weshalb so eine unattraktive Sache ein Geheimnis sein sollte. Viele Jahre mußten vergehen, bis...

Warum meine Mutter weinte

1926

Ich kannte den Grund für die Tränen meiner Mutter. Stets handelte es sich um den plötzlichen und frühen Tod meines Vaters. Mit der Post war ein Brief gekommen, und die Nachricht mußte sehr traurig sein, denn meine Mutter begann wieder einmal zu weinen, doch diesmal hatte es nichts mit meinem Vater zu tun, sondern mit mir. Es war der Einschulungsbescheid, der nach ihrer Ansicht um ein Jahr zu früh kam. Waren die Tränen meiner Mutter an diesem Tag das Signal, die Schule als etwas Tragisches, grundsätzlich Bejammernswertes zu empfinden? Ja, ich habe sie verabscheut, diese Kinder-Strafanstalt mit ihrem immer noch preußischen Drill. Jedenfalls brachte mich meine Mutter am ersten Schultag in die von mir instinktiv abgelehnte Anstalt. Als meine Mutter, nachdem sie mich dort abgeliefert hatte, wieder nach Hause kam, war ich schon da und empfing sie fröhlich. Ich dachte, meiner Mutter eine Freude bereitet zu haben, indem ich mich sogleich wieder auf die Flucht gemacht hatte. Ich verstand nicht recht, warum ihr das überhaupt nicht gefiel...

Ich spielte mit Mädchen

Im großen Garten meiner Großmutter spielte ich vorwiegend mit Mädchen, Freundinnen meiner Cousine Eva, die zwei Jahre jünger war als ich. Das Villengrundstück, in einem Arbeiterviertel gelegen, stand den Kindern der Straße ohne Rücksicht auf deren soziale Herkunft offen. Manchmal kam „Bruno mit dem Glasauge" oder das „Kommunisten-Fritzchen". Doch – wie gesagt – in erster Linie waren es Mädchen, von denen mir aber keines mehr im Gedächtnis ist... Eines Tages wurde heftig getuschelt über das, was man angeblich von dem gehört haben wollte, was andere, die nicht dabei waren, über uns erzählten. Was meinten sie wohl, wenn sie uns unterstellten, wir würden mit „Vors ack" spielen? Wir rätselten, bis ein Mädchen behauptete, daß das ein gelbes Pulver sei, das sie in einem nahen Gummiwaren-Geschäft gesehen habe. Es liege dort im Schaufenster. Wir gingen dorthin. Eigentlich schlichen wir, weil die ganze Sache doch irgendwie unheimlich und verboten zu sein schien. Jedenfalls entdeckten wir bei „Gummi-Kalmann" – so hieß der Laden – kein „gelbes Pulver" im Schaufenster. Ich weiß nicht, wieviel später es war, als ich kapierte, was das mit „Vors ack" auf sich hatte. Die bekannteste Präservativ-Marke war seinerzeit „Fromms act", und da hatte irgend jemand einen Begriff daraus gemacht, den man plastischer formulierte. Unsere Spiele waren harmlos. Sie waren in meinem Leben noch viel länger „harmlos", als sie es heutzutage sind.

Als wäre es legal, Kinder zu belügen ...

1927

Erwachsene sind oft der Ansicht, daß es völlig legitim sei, Kinder zu belügen. Da wurde mir weisgemacht, daß Störche die Kinder aus einem Teich holen, um sie der Mutter in die Wiege zu legen, daß es zu Ostern Hasen gibt, die Eier legen können, daß der verkleidete Onkel der „Weihnachtsmann" sei, es wurde von einem „Christkind" geschwafelt, das „Vom Himmel hoch" herunterkomme undsoweiter undsofort ...

Kinder werden oft in eine Religion hinein manipuliert, an die die Erwachsenen ohnehin nur bedingt glauben. Kann es verwundern, wenn Kinder oft den Erwachsenen, also auch ihren Eltern, nicht über den Weg trauen?

Mir hatte man den Satz eingeflüstert, daß man Hasen leicht fangen könne, wenn man ihnen Salz auf den Schwanz streute. Man vermied wohlweislich, mich mit der Nase auf die Unlogik dieser Ulkfloskel zu stoßen. Meine Mutter und meine Tante machten sich den Spaß, mich zu blamieren. So marschierte ich tatsächlich mit einer Tüte Salz in ihrer Begleitung, in den nahen Wald. Ich wurde immer frustrierter, da ich keinen Hasen sah, und merkte, daß meine erwachsenen

Begleiterinnen unter sich kicherten, so daß ich begann, skeptisch zu werden und ahnte, daß bei der ganzen Sache etwas faul sei ...

An diesem Tag verloren die Erwachsenen bei mir ein großes Quantum an Vertrauen ...

Viele Jahre später schrieb ich für mein Theater ein Stück mit dem Titel „Salz auf den Schwanz" und nahm meine kindliche Enttäuschung zum Leitthema ...

Laterna magica

1929

Unter den Requisiten, die wir im Keller der Villa meiner Großmutter fanden, gab es die „Laterna magica". Zu ihrer Ausstattung gehörte auch eine Petroleumfunzel. An Winterabenden saßen wir dann im großen Wohnzimmer meiner Großmutter und sahen uns mit Begeisterung die Bilder an, die von der Laterna magica und dem Petroleumlicht auf das aufgespannte weiße Bettlaken geworfen wurden. Die Bilder, jeweils drei bis vier, waren auf einem Glasstreifen, der hinter der Linse entlanggeführt wurde. Es waren Folgen wie Max und Moritz oder heutige Comics, jedoch viel simpler.

Was machte wohl den Reiz aus für uns, die wir doch schon das Kino hatten, sogar die ersten Tonfilme kannten? War es das Intime, daß die „Vorstellung" in der Wohnung stattfand? Waren es die simplen Folgen und deren häufige Wiederholung? War es der Geruch der Petroleumlampe?

Ich denke, daß Kinder aller Reizüberflutung elektronischer Unterhaltungsmedien zum Trotz heute ebenso fasziniert sein würden... Ist nicht auch das Wort „Laterna magica" wundervoll?

Die schwarz-weiß-rote Reliquie

In unserm Wohnzimmer hing eine etwa ein Quadratmeter große, leicht verblaßte, schwarz-weiß-rote Flagge. Sie hing dort wie eine Reliquie als Erinnerung an meinen Vater, der erst spät nach Ende des ersten Weltkrieges, den er zeitweise in der Türkei erlebte, wieder nach Hause gekommen war. (Er soll dort mit Kemal Pascha-Atatürk zusammengetroffen sein, was ein Foto bestätigte.)

Seine verspätete Heimkehr hing damit zusammen, daß er noch in Rußland auf der Seite der „Weißen“ gegen die „Roten“ gestritten hatte. Näheres konnte mir meine Mutter, die von politischen Zusammenhängen keine Ahnung hatte, nicht erzählen. Nur noch, daß aus „seinem“ Panzerwagen die Flagge, welche jetzt bei uns an der Wand hing, herausgeragt habe, und die vielen Löcher in ihr sollten Durchschüsse gewesen sein. Diese Flagge war für mich stets unheimlich, und richtig gewöhnt habe ich mich an dieses makabere Dekorationsstück nie. Meiner Mutter, war der nationalistische Stoffetzen irgendwie „heilig“, wie alles, was sie an ihren Mann erinnerte, der schon wenige Jahre nach seiner Rückkehr aus dem Krieg an Flecktyphus starb, den er sich bei seinem soldatischen Tun eingehandelt hatte. Die Flagge gibt es nicht mehr. Sie verbrannte gegen Ende des Zweiten Weltkrieges mit allem Inventar unserer Wohnung. Meine Mutter erlebte das nicht mehr ...

Ich hatte keinen Geburtstag

Kinder lieben ihren Geburtstag, jenen Tag, der ihnen gehört, an dem sie Mittelpunkt sind. Ich war an meinem Geburtstag nie Mittelpunkt, denn verflixterweise war es auch der Geburtstag meiner Grußmutter. Selbstverständlich fuhren wir dann stets zu ihr. Dort war die ganze Verwandtschaft versammelt und feierte sie! Nie mich, den kleinen Kerl, der dabei um seinen Geburtstag betrogen wurde. Einmal war es, daß ich beim Empfang der vielen Gäste meiner Großmutter neben ihr stand. Eine Gratulantin überreichte meiner Großmutter einen Blumenstrauß und sprach ihr überschwenglich Glückwünsche aus. Da deutet meine Großmutter auf mich und sagte: „Der Junge hat übrigens auch heute Geburtstag!" Ich erhielt von jener Frau einen kurzen Blick, Geringschätzigkeit meinte ich darin zu erkennen, und sie sagte, wie nebenher: „Ach ja? Na, dann gratuliere ich Dir auch!" Noch heute empfinde ich, wie lapidar diese Floskel war, und die Frau war Lehrerin in einem Lyzeum! Was muß sie für eine pädagogische Niete gewesen sein!

Zu Kaffee und Kuchen saßen dann die Erwachsenen am großen Tisch unter sich. Für uns, meine Cousine Eva, Cousin Hans und mich, war dort kein Platz und so saßen wir abseits an einem Tischchen, weitgehend unbemerkt, wie Dienstpersonal, obwohl doch auch ich „Geburtstag" hatte! Als Geburtstagskind am „Katzentisch"? Daß mir das so kraß in Erinnerung geblieben ist, ist drastischer Beweis für die Herzlosigkeit und Ignoranz derer, die sich „Erziehungsberechtigung" anmaßten!

Später waren mir meine Geburtstage uninteressant, und da ich im Sommer immer im Ausland bin, bestand dieser Tag, wenn ich ihn schon nicht allein erlebte, aus herzlicher Zweisamkeit. Einen dauerhaften Schaden habe ich jedenfalls nicht davongetragen, daß es für mich nie eine „Geburtstagsfeier" gab.

Mein Jahrmarkt

1930

Nicht weit von uns war allherbstlich ein großer Jahrmarkt. Ich liebte ihn und konnte mich stundenlang dort aufhalten, ohne meine bescheidenen zwanzig Pfennig, die ich von meiner Mutter dafür bekam, vollends auszugeben. Es ging nicht darum, etwas zu kaufen, und was es zu sehen gab, war weitgehend umsonst. Wie spannend fand ich die Anpreisungen von Fakiren, Abnormitäten, Zauberkünstlern und Volkstheaterklamotten, von denen zum Anreiz vor den Buden Kostproben gegeben wurden. Dann hieß es: „Wir fangen sogleich an!“, was meist geschwindelt war, denn das Dutzend Neugieriger, die zur Kasse gingen, reichte nicht für eine Vorstellung, also wurde noch einmal vor der Bude mit einer neuerlichen Anpreisung gelockt, und wieder hieß es dann: „Jetzt fangen wir an!“ Auch das mußte noch nicht stimmen. Selten, daß ich meine zwanzig Pfennige für so etwas opferte, denn die Anreißer und Ausrufer fand ich viel interessanter. Sicherlich habe ich mir intuitiv manches von ihnen abgeguckt für meine spätere Rolle als lautstarker „SCHMIERE-Direktor“. In vielen meiner Stücke spielte ich so einen Reklame-Schreier, wobei allerdings der Text satirisch-politisch pointiert war. Außerdem belogen wir unser Publikum nicht und fingen stets, fast pedantisch, pünktlich an.

Von meinen Jahrmarktsbesuchen brachte ich oft eine Tüte „Waffelbruch“ (5 Pfennig) mit nach Hause, weil es da viel für das Geld gab. Auch war es zuweilen eine gerade erst hergestellte Pfefferminzstange, die warm noch länger war als dann im erkalteten Zustand. Einmal brachte ich meiner Mutter für zehn Pfennig einen geräucherten Mini-Aal mit.

Der Jahrmarkt, ein realisierter Traum: Bunt, turbulent, spektakulär. Einmal gab es ein Podest, auf dem ein großer Korb stand. Eine stark geschminkte Frau kroch in den Korb, und nachdem der mit einem Deckel verschlossen worden war, stieß ein Magier mit effektvollem Getue mehrere Degen hindurch, welche die Frau im Korb vielfach verletzen mußten. Aber nein, die blitzenden Degen wurden wieder herausgezogen, und siehe da, die Dame war nicht massakriert, sondern entstieg lächelnd ihrem Behältnis. Sie sammelte dann sogleich bei den Umstehenden Münzen ein, doch als Kind brauchte ich nicht zu spenden und konnte mir die Darbietung so oft ansehen, wie ich wollte.

Gern hätte ich später mit meiner „SCHMIERE“ auf den Jahrmärkten, auf dem Frankfurter Römerberg, eine Bude gehabt und ein politisches Miniprogramm mit Moritaten, Sketchen und Songs geboten, doch die Stadtverwaltung war dafür nicht zu haben, weil diese Veranstaltungen mehr und mehr ihre Ursprünglichkeit verloren hatten und zum reinen Geschäft verfielen. Außerdem war ich im Zweifel, ob die Bevölkerung Frankfurts den Gag verstanden hätte, daß eine seit Jahren etablierte Bühne, wie die „SCHMIERE“, sich für eine solche Sache nicht zu schade war. Bei den Berlinern hätte ich da keine Bedenken gehabt.

Großmutters Grammophon

Ein großer Holzkasten war das, mit einer Kurbel zum Aufziehen und einem großen Blechschalltrichter, wie man ihn sehen konnte auf dem berühmten Markenzeichen „Die Stimme seines Herren“, wo ein Dackel abgebildet war, der aus dem Trichter überrascht seinen Besitzer sprechen hört.

Ja, dieses Grammophon war eines unserer Lieblingsspielzeuge. Die durch hundertfaches Abspielen und sonstige Mißhandlungen strapazierten und lädierten Schellackplatten nudelten wir hintereinander durch, bis sie bei den Erwachsenen cholerische Ausbrüche bewirkten. Das waren die Schlager unserer Großeltern. Ich erinnere mich noch des Ohrwurms: „In der Nacht, in der Nacht, wenn die Liebe erwacht...“, und „Liebliche kleine Dingerchen“ aus der Operette „Die Kinokönigin“. Ein Knüller war damals auch „Der Postillon von Lengemeau“. Natürlich liebten wir Kinder die sogenannten „Charakterstücke“ wie etwa: „Eine kleine, kleine Mühle steht im Schwarzwald...“. Wundervoll kitschig klapperte neben der Musik die Mühle, ein Bach rauschte, Vögel zwitscherten, die Turmuhr schlug. Meine Star-Platte war eine Zirkus-Musik, vor der ein Jahrmarktausrufer schrie: „Leute, Leute, kommen Sie näher! Hier sehen Sie Attraktionen und Sensationen...“, die dann auch detailliert angekündigt wurden: Die dickste Frau, der Schlangenmensch und die Drahtseiltänzerin. Damals konnte ich nicht wissen, daß ich diese Figur des Anpreisers in meinem satirischen Theater 25 Jahre später selbst spielen würde.

Auch einen Vorläufer des Grammophons fanden wir noch in der Rumpelkammer, einen großen Kasten auf dessen rotierendem Teller Blechplatten, wie bei einer großen Spieluhr, Melodien abklimperten.

Mein erstes Grammophon – ich war wohl fünf Jahre alt– war ein kleiner quadratischer Blechkasten, auf dem ich kleine Platten abspielen konnte. Das waren dann die Schlager der zwanziger Jahre wie „Valencia...", Schöner Gigolo..." oder „Mein Vetter Nick..." Auch die Superschnulze: „Waldesluuuuuust, Waldesluhulust, ach wie einsam schlägt die Brust. Mein Vater kennt mich nicht, meine Mutter liebt mich nicht..." Wer das damals nicht kannte, hat wohl doch nicht gelebt.

Wir waren alle Matrosen

1930

Es war Usus, obwohl die Kaiserzeit lange vorüber war, die Knaben, wenn sie möglichst „adrett" herausgeputzt werden sollten, in Matrosenanzüge zu stecken. Auch meine Mutter praktizierte das einfältigerweise. Es sah doch so nett, sauber und flott aus! So ging ich also oft als nachgemachter Kriegsmarine-Matrose in die Schule. Auf dem Kopf trug ich die „schicke" Matrosenmütze mit zwei schwarzen Bändern hinten und irgendeiner Aufschrift am Mützenband. Vielleicht stand da „Panzerkreuzer Graf Spee" oder ein anderer Quatsch drauf. Meine Mutter war zu unpolitisch, um zu wissen, was sie da anstellte. Eines Tages wurde sie in die Schule zitiert, und man forderte sie auf, die schwarz-weiß-rote Kokarde von der Matrosenmütze zu entfernen. Sie war zu Unrecht empört.

Ich erinnere mich auch noch an einen Mitschüler, der mit „Nachsitzen" bestraft wurde, weil er die Farben der Republik als „schwarz-rot-mostrich" bezeichnete.

Das einfältige Verhalten meiner Familie und das sicherlich aggressive meines Mitschülers boten mit den Nährboden für das, was sich drei Jahre später ereignete: Die Machtübernahme Hitlers...

Mein Onkel hatte einen Dampfer

1930

Wir besuchten Onkel Hugo in Glogau. Er war dort Oberregierungsbaurat und als solcher für einen Abschnitt der Oder verantwortlich. Für seine Dienstzwecke hatte er einen kleinen Dampfer zur Verfügung, der „von Seydlitz" hieß und einen richtigen Schornstein hatte, aus dem es dampfte. Wir durften mitfahren und für uns – meinen Bruder und mich – war es wundervoll. Onkel Hugo war ein etwas skurriler Typ, auch im Alltag von preußischer Pedanterie und sehr konservativ. Wir fanden es komisch, wenn er nicht „Wie bitte?" fragte, sondern „Wie beliebt?".

Als er pensioniert wurde, zog er in ein idyllisches Haus in Berlin-Nikolassee und besaß ein elegantes Motorboot, mit dem er auf dem Wannsee fuhr. Es ging ihm sehr gut. Und doch erging es ihm nicht gut, denn seine so lebenslustig wirkende Tochter, unsere Cousine Anneliese, erschoß sich aus mir nicht bekanntgewordenen Gründen. Kurz danach ertränkte sich seine Frau mit einem Sprung in die Oder.

Von da an lebte er allein und wurde in seinen Ansichten noch verbohrter. Gern sprach er von seinen „jungen Freunden", irgendwelchen hohen Offizieren, die erst 60 waren und Hitler in erster Linie deshalb ablehnten, weil er aus einfachen Verhältnissen kam.

Der Heiratsschwindler Schu(h)mann

1930

Meine Mutter, älteste Tochter eines Fabrikantenehepaares, wurde, besser als standesgemäß, mit einem Akademiker verheiratet. Es wäre alles bilderbuchhaft bourgois abgelaufen, wenn er nicht fünf Jahre Krieg mitgemacht hätte, obgleich es doch nur vier waren. Mein Bruder, das läßt sich leicht nachrechnen, war die Folge der Mobilmachung und ich die der Kapitulation. Es trennten uns somit fünf Jahre. Mein Vater starb an Flecktyphus als Kriegsfolge. So mutierte denn unsere Mutter, die Frau Akademiker-Gemahlin zur verantwortungsbewußten, einzig auf sich und ihre praktischen Fähigkeiten angewiesenen, alleinerziehenden und selbständigen Mutter.

Schon nach kurzer Zeit bewohnten wir von der großen 7-Zimmer-Wohnung nur noch einen Raum, da die anderen sechs vermietet wurden und der Mietzins war die einzige Einnahmequelle. Dennoch... In Unkenntnis der konkret miserablen Wirtschaftslage meiner Mutter machte sich an sie ein Herr Schumann heran. Ihn bluffte offenbar das selbstbewußte Auftreten meiner Mutter und die sicheren Umgangsformen. Jener Herr Schumann drängte darauf meine Mutter zu heiraten. Manches schien sie jedoch stutzig zu machen und ihre Recherchen ergaben glasklar, daß dieser Galan ein Schwindler war.

Wie meine Mutter mit dieser Enttäuschung fertig wurde, weiß ich nicht. Immerhin wurde uns dieser Mann schon als unser Vater in spe vorgestellt.

Mein Bruder und ich profitierten bei der Sache. Der Ganove spendierte uns jeweils ein paar teure Schuhe...

„Der Junge will Clown werden..."

1930 -1980

Als ich zehn, elf, zwölf Jahre alt war, wollte ich Clown werden. Wahrhaftig! Der Vorbilder gab es damals viele, von Grock bis Charly Rivel, von Pit Pott bis zu den Convellis. Es gab auch viele, deren Namen ich nicht mehr weiß, denn jeden Zirkus, der für mich erreichbar war, besuchte ich. Sechs Jahre alt erlebte ich den Circus Busch in Berlin, Sarrasani und Althoff selbstverständlich, Zirkus Krone, der in drei Manegen gleichzeitig verschiedene Programme gab, was aber nur verwirrte. Das erste Buch, das ich mir selbst kaufte, war „Das Leben der 3 Frattelinis". Ich machte kein Hehl daraus: Ich wollte Clown werden! Meine Mutter sagte das manchmal zu Bekannten mit vorgehaltener Hand: „Der Junge will Clown werden..." und lächelte dazu verlegen.

Viele Situationen und Berufe lagen dazwischen, bis ich es ein wenig wurde. Ich schuf den philosophierenden Clown „August Pi" (August, weil das unernst klingt, und Pi, weil man mit dieser Zahl den Inhalt des Kreises errechnen kann und der Kreis die einzige Form des Unendlichen ist, die wir Menschen begreifen können.)

Zuerst stellte ich diesen Clown auf der Bühne dar:

„Wie denken Sie, Herr Pi, über die Zukunft?"

„Sie schmilzt..."

„Was ist Gegenwart?"

„Anachronistische Vergangenheit!"

Dann schrieb ich ein Buch: „Fragen Sie August Pi!", ein „Circus d' esprit mit 1.444 Widersprüchen!" Als ich ein Clownsgesicht für den Titel suchte, mühte sich ein Zeichner, doch gelang ihm nicht, was ich mir wünschte. Dann kopierte er das Titelbild meines ersten selbstgekauften Buches.

Der Reigen meiner Clown-Ambitionen hatte sich somit nach 50 Jahren geschlossen.

Ein Agitator, der irrte

1930

Die Villa meiner Großmutter lag, wie gesagt, in einem Arbeiterviertel. Sie war die Witwe eines Druckereibesitzers. Gegenüber dem Haus stand eine Kirche und auf dem Platz hinter ihr marschierten eines Abends kommunistische Demonstranten auf. Im Licht der Straßenlaternen waren die roten Fahnen und Transparente zu erkennen. Rasch wurden die Lichter im Haus gelöscht, und bei halboffenem Fenster im oberen Stockwerk, konnten wir hören, was der Redner heftig herausschrie und wovon ich kaum etwas kapierte. Ich weiß nur noch, daß er sich plötzlich gegen uns, die er aber nicht erkennen konnte, da wir ja im Dunkel standen, mit der Faust drohend, wandte und laut über den Platz brüllte: „Die herrschende Kapitalistenklasse, die da fett in ihren Villen sitzt, werden wir auf die Straßen jagen!" So etwa, jedenfalls in diesem Sinn. Meine Großmutter und ihre anwesenden erwachsenen Töchter, darunter auch meine Mutter, wurden blaß und zitterten... Zitterte ich vielleicht mit? Ich weiß es nicht mehr.

Aber wie falsch lag dieser Agitator dort auf dem Platz mit seinen Drohungen.

Die Druckerei, jetzt eine GmbH, war dabei bankrott zu machen. Wenig später wurde die Villa versteigert und meine Großmutter als Angehörige der „herrschenden Kapitalistenklasse" wurde von meiner Mutter, der Kriegsrentnerin, aufgenommen, die ihr ein kleines Zimmer zur Verfügung stellte. Die liebe Oma war völlig mittellos und stolz, wenn wir Kinder sie fragten: „Oma, hast Du einen Bonbon?" und sie uns aus einer braunen Papiertüte einen Himbeerbonbon zustecken konnte.

Meine Mutter, die „Frau Doktor"

1930

Manchmal nahm mich meine Mutter zu ihren Kaffeekränzchen mit. Natürlich war ich fein herausgeputzt, weil ich doch ein gut erzogenes Söhnchen aus gutem Hause zu sein hatte.

Gewiß, meine Mutter war großbürgerlicher Herkunft, doch unter ihren „Kränzchen-Damen" zweifellos die minderbemittelste. Na gut, es gab, wenn sie selbst Gäste hatte, noch die bürgerlichen Requisiten, den Zierschrank mit der Mokka-Täßchen-Sammlung, die Ölbilder, die Teppiche, das Tafelsilber, den Brillantring, doch nur eine Mini-Rente und keinerlei Kapital.

Da war hingegen ihre Freundin, Frau E., deren Mann eine bekannte Farbenfabrik besaß, eine Villa bewohnte, einen Park den „ihren" nennen konnte. Es gab Frau L., die mit zwei Wagen protzte, oder Frau K., die Frau eines Bankdirektors. Ja, noch nachträglich gönne ich meiner Mutter diese Bekanntschaften, der Frau, die nur wenige Jahre mit ihrem Mann zusammenleben konnte, weil er so früh starb. Mit jenem Mann, zu dem sie aufschaute, der ihr jedoch kein Vermögen hinterließ, der akademische Star, der ihr so überlegen schien, weil er in „Philosophie" promoviert hatte.

So lieh sie sich wenigstens seinen Titel und wuchs zusehendst, wenn man sie mit „Frau Doktor" ansprach.

Mein Vater lebte dann auch noch lange weiter auf dem Türschild unserer Wohnung.

„Wer hat uns verraten?", „Wer macht uns frei?"

1931

Das waren noch Wahlkämpfe! Mit Bummsmusik und Sprechchören, mit Tamtam und Gegröhle zog man durch die Straßen und heikel wurde es, wenn zwei solche Agitations-Trupps aufeinandertrafen. Es war gut, sich dann rasch zu verdrücken, um keine Prügel zu bekommen.

Noch mancher Simpel-Wahlslogan ist mir im Kopf geblieben. „Wer hat uns verraten? Die Sozialdemokraten!“ Das war einzusehen, zumindest wegen des schönen Reimes. „Wer macht uns frei? Die Hitler-Partei!“ Nun ja, ein makaberer Slogan für jene, die an die Macht kamen und vielen politischen Gegnern erst einmal ihre Freiheit nehmen und später... ja, ja, wir wissen es... „Was wählen wir? Liste vier!“ Ich weiß nicht mehr, wer auf dieser Liste stand. Bei einer Wahl standen auf dem Wahlzettel 36 Parteien, darunter „Hammer und Sichel“ der Kommunisten, die „drei Pfeile“ der SPD, als „drei Veilchen“ veralbert, und das Hakenkreuz. Wenn die Menschen doch gewußt oder geahnt hätten, was für mörderische Haken dieses Kreuz haben würde!

Da es bald jedoch nur noch die Hakenkreuzpartei gab, wiesen die Wahlzettel nur noch einen Kreis für ein Ja!-Kreuz und einen kleineren für ein waghalsiges Nein-Votum aus, bis man auf letzteres ganz verzichtete und endlich auf Wahlen überhaupt. Ich durfte aus Altersgründen ohnehin noch nicht wählen, dafür durften wir dann – unbefragt – auf Menschen schießen. Da bekanntlich auch zurückgeschossen wurde, waren die einzigen Kreuze, die wir Jungen machen durften, aus Holz – für jene, welchen Millionen Wahlkreuze zum Verhängnis wurden.

Das Kino als Kinderbewahrungsanstalt

1931

Oft am Sonntagnachmittag wurden wir Kinder, wenn das Wetter zum Spielen im Freien nicht geeignet war, doch die Erwachsenen ihre Ruhe haben wollten, mit 30 Pfennig für einen Kinobesuch abgeschoben. Kaum jemand interessierte sich dafür, in welchen Film man uns da schickte. Ob es ein Western (damals „Cowboy-Film“) oder ein Film mit dem legendären Schäferhund Rin-Tin-Tin war, ob eine Liebesschnulze oder ein Krimi, war den Erwachsenen ziemlich egal. Noch waren es Stummfilme. Einmal erlebte ich, daß ein originaler Klavierspieler, seitlich der Leinwand, die Handlung akustisch untermalte.

Eines Tages sah ich einen Film, der den recht unverdächtigen Titel: „Was ist los im Zirkus Belli?" trug. In diesem geschah etwas Entsetzliches. Einer erregenden Story von E.A. Poe „Das Pendel" abgeguckt, senkte sich langsam die metallene Zimmerdecke auf einen Mann, der eingeschlossen war. Zuerst zerbrach der Tisch, der Mann konnte schon nicht mehr knien, die Decke sank stetig weiter, der Mann lag am Boden, während die Hocker zerquetscht wurden. Im letzten Augenblick wurde der Mann vor dem Zermalmen gerettet.

Jahrelang wurde diese Szene für mich zu einem Horrortraum. Oft starrte ich vor dem Einschlafen auf die Decke des Zimmers und meinte manchmal, daß sie sich etwas bewege.

Was hatten mir die Erwachsenen für ein pädagogisches Verbrechen angetan, um für 30 Pfennig einen Sonntagnachmittag ohne Kinder genießen zu können.

Mißbrauch ist Ingredienz der Macht

1933

Noch war ich zwölf, da begann ich schon die Macht zu hassen. Schon suchte man mich aus, an einem Ausbildungslager teilzunehmen. Ich war viel zu jung für den Gewaltmarsch, der angesetzt war. Ich war der jüngste Teilnehmer und mußte laufen, laufen, laufen. Ich weiß nicht mehr wie viele Kilometer es waren. Jedenfalls begann die Tortur am frühen Morgen, gegen Mittag wurde der Brocken erstiegen, und es war schon dunkel, als wir wieder in der Jugendherberge eintrafen. Erschöpft brach ich zusammen. Die Hitler-Jugend-Führer, die Machthaber, hielten es für nicht erforderlich einen Arzt zu holen. Ich war doch ein deutscher Junge. Ein deutscher Junge braucht keinen Arzt, wenn er mal zusammen bricht...

In der Jugendherberge war auch eine Mädchenschulklasse einquartiert. Eines Tages wurde ein 15-Jähriger dabei „erwischt“, daß er eines der Mädchen küßte. Das war ein Skandal!

Man stelle sich vor: Geküßt! Pfui, Deibel! Das Mädchen mußte sofort abreisen, und der Junge wurde damit bestraft, daß er stundenlang an einem Fahnenmast stehen mußte, während der etwa 18-jährige HJ-Führer, Helmut Asmus hieß er, sich auf einen Sessel daneben setzte und mit Zynismus und Wohlbehagen Kaffee trank und lustvoll Kuchen verzehrte. Er kontrollierte genau, ob der Bestrafte auch in ordnungsgemäßer Habacht-Stellung die Prallsonne auf sich scheinen ließ. Ich fand es ekelerregend, daß man so einen Kuß rächte...

Der große und der kleine Bruder

1933

Die Machtübernahme Hitlers wurde von meiner Familie allgemein bejubelt. Mein fünf Jahre älterer Bruder war die Ausnahme. Der Siebzehnjährige hatte in der letzten Zeit diverse kommunistische Versammlungen frequentiert, obwohl ich denke, daß er es eher aus Trotz tat oder für chic hielt. Jedenfalls stand nun auf seinem Schreibtisch – aufgeschlagen – Schillers „Don Carlos“ und rot umrandet das Wort des Marquis Posa: „Sire, geben Sie Gedankenfreiheit!“. Um das Buch war ein Trauerflor drapiert. Das Theatralische hing wohl damit zusammen, daß er gerade Schauspielunterricht genommen hatte.

Ich, der Zwölfjährige fand es reizvoll, wie die Jungvolkjungen durch die Straßen trappsten, so meldete ich mich bei denen an und trappste mit. Dann kamen in den Ferien Zeltlageraufenthalte, die mir allerdings nicht behagten. Ich mochte den Dienstplandrill nicht und es war mir widerlich, genötigt zu sein mit anderen Jungens eng aneinanderliegend in einem Zelt zu schlafen.

Mein Mitschüler-Freund, Eberhard Bode, erzählte mir eines Tages auf dem Schulweg, daß sich der damals etwa 18-jährige Jungvolkführer Helmut an ihn herangemacht und an ihm vergangen habe. Es kam bald zu einem Prozeß mit einer Verurteilung des miesen Typs.

Mein Bühnen-Debüt

1934

Mein Bruder absolvierte sein erstes Anfängerjahr als Schauspieler. So spielte er eines Abends auch in der Posse „Robert und Bertram", ein Volksstück ohne Anspruch. Wegen einer Grippeepidemie fehlten diverse Statisten, und mein Bruder forderte mich auf auszuhelfen. Begeistert sagte ich zu und zwar nicht wegen der Statistengage von dreißig Pfennigen (Edelstatisterie bekam fünfzig) sondern weil das für mich eine dolle Sache zu sein schien.

Im Theater wurde ich eingekleidet, und man machte aus mir einen „Bühnen-Bauern". Als ich dann fragte, was ich denn tun sollte (da ich keine Probe mitgemacht hatte, fehlte mir jede Ahnung), sagte der „Statistenführer": „Mach immer nach, was die anderen machen..." Aha, so also ist Kunst?

Eigentlich ging das dann auch ganz gut, und es machte mir viel Spaß, denn es war Tempo in der Sache. Wir mußten immer wieder über die Bühne rennen, um die beiden Ganoven Robert und Bertram zu verfolgen. Das war etwas für mich, und es ging über Stufen, Bänke und eben immer wieder über die Bühnenbretter...

Doch dann wurde es peinlich. Es sollte Bauernhochzeit gefeiert werden und hinter der Bühne wurden schnell die Paare für den Hochzeitszug zusammengestellt. Da hatte ich plötzlich eine Partnerin zugewiesen bekommen, die war etwa 40 und ich 14! So marschierten wir Hand in Hand auf die Bühne und der, der den Bürgermeister spielte, hielt eine Rede. Das ging ja noch. Meine geschminkte Partnerin wagte ich kaum anzuschauen. Nun geschah Schreckliches: Der Bürgermeister sagte, seine kurze Rede abschließend: „Und nun wollen wir ein fröhliches Hochzeitstänzchen wagen!“ Musik setzte ein, ich mich spontan ab und ließ die Dame einfach stehen.

Meine Mutter und Großmutter saßen in der Vorstellung auf dem ersten Rang und wohl niemand von denen, die in der Nähe saßen, verstand, warum sie über das Stück so laut lachten. Sie lachten nicht über das Stück, sondern über ein Stückchen; den 14-Jährigen, der seine ersten Schritte auf der Bühne machte...

Bei „Religion“ fragt man nicht, man glaubt...

1934

Ich wurde ins Büro des Direktors gerufen. Mir war nicht bewußt, etwas Schlimmes getan zu haben, aber um eine Auszeichnung konnte es sich gewiß nicht handeln. So stand ich armes, dreizehn Jahre junges Würstchen, vor dem allgewaltigen Gymnasialdirektor und erhielt eine Standpauke, weil ich angeblich den Religions-Unterricht mit provokativen Fragen gestört hätte. Gewiß, ich war kein Gläubiger. Meine Mutter schleppte mich wohl jährlich einmal mit in die (wallonisch-reformierte) Kirche, weil „wir uns bei Pfarrer Maresch wieder einmal sehen lassen“ mußten. Die Gemeinde war so klein und übersichtlich, daß die Predigten nicht in der Kirche selbst, sondern in der kleinen Sakristei gehalten wurden. Mein Bruder, zur Zeit gerade „Kommunist“, war schon ausgetreten. Leider war es seinerzeit nicht möglich, sich dem Schul-Religions-Unterricht zu entziehen. Jedenfalls hörte ich mir beim Rapport vor dem Direktor die recht blassen Tiraden an: Er drohte mit „Exklusion“. Ich fragte dann nichts mehr während der Religionsstunden und ließ alles als Märchen über mich ergehen.

In der Volksschule hatte ich schon einmal – also diverse Jahre vorher – für Aufregung und Empörung gesorgt. Aus der Schule kommend, sagte ich meiner Mutter: „Weißt Du eigentlich, daß Jesus ein Menschenfresser war? Er hat zu tausenden Menschen verspeist!" Meine Mutter war entsetzt, ging in die Schule und stellte den Lehrer zur Rede. Es stellt sich heraus, daß ich die „Speisung der 5000" als „Verspeisung" verstanden hatte. Da hatte ich also versäumt nachzufragen, und eben das Nachfragen brachte mir später einen Tadel des Direktors ein.

Jahre danach gab es mit meinen beiden Töchtern bezüglich der Infiltration der Kirchen in die öffentlichen Schulen diverse absurde Situationen und Probleme.

Die Schul-Kaserne mit Arschpaukern

Ab 1926

Auch wenn ich lange nachdenke, fällt mir nichts Positives über meine Schulzeit ein, wenngleich ich in ihr einigermaßen lesen, schreiben und rechnen lernte. Unter meinen Lehrern ragt keiner hervor, dem ich das Prädikat „Pädagoge" verleihen könnte. Sie waren, so scheint es mir, an ihren Schülern überhaupt nicht interessiert, sondern absolvierten ihre Lehrstunden „pflichtgemäß". Ganz davon abgesehen, wurde auch noch alltäglich geprügelt, was diese „Arschpauker", wie sie nicht zu unrecht genannt wurden, für ihre „harte, aber gerechte" Erziehung hielten. Oft ließen diese Prügelmänner auch noch ihrem verbalen Sadismus freien Lauf, etwa mit süffisanten Fragen: Na, wieviel Hiebe willst du denn haben? Zehn leichte Schläge oder drei deftige?" oder „Los, zieh deine Hose schön straff, damit du auch was merkst!" Übrigens war das nicht nur in der Grundschule so, den „Volksschulen", sondern auch noch in den unteren Klassen des Gymnasiums.

In der Grundschule mußten wir in der Pause in einer Richtung im Kreis gehen, wie man es auch aus anderen Gefängnissen kennt. In der Mitte stand, sein Frühstücksbrot mampfend, ein Lehrer als Aufpasser. Das Schulgebäude, die Klassenzimmer, die Flure waren ohnehin denen einer Kaserne zum Verwechseln ähnlich. Die Toiletten, die damals noch „Retiraden" genannt wurden, waren im Keller, unästhetisch, nach Urin und Chlor stinkend. Eine breite Treppe führte hinunter, an deren linker Seite ein Geländer war, das gern, dem Verbot zuwider, zum Runterrutschen benutzt wurde. Da das Verbot immer wieder ignoriert wurde, erlebten wir eines Tages, daß der „Kastellan" (Schuldiener) das Eisengeländer mit Kot beschmiert hatte, was für einige Schüler, die das nicht rechtzeitig bemerkten, zu einer fiesen Schweinerei wurde. Aber das war alles bezeichnend für die Atmosphäre jener Erziehungs-Zwangsanstalten.

Quer durch den Sport

Als 10-Jähriger trat ich einem Handballclub bei und war in der „Knaben B-Mannschaft" der Torwart, denn zum erfolgreichen Tore-Werfen fehlte mir die Kraft in den Armen, weshalb ich auch im Speerwerfen nichts Besonderes leistete und nie den Diskus warf. Zu den wenigen Fächern, die ich in der Schule mochte – sonst eigentlich nur noch Deutsch – gehörten die seltenen Sportstunden. Aber Geräteturnen war mir unsympathisch. Besonders Reck und Barren schienen mir eher körperschädigend als gesundheitsdienlich zu sein. Das Boxen haßte ich. Ich sah nicht ein, daß ich einen Menschen, gegen den ich nichts hatte, zusammenschlagen und mich dabei selbst prügeln lassen sollte. Meine Box-Praxis beschränkte sich auf vielleicht drei Minuten... Laufen und Springen machte mir mehr Spaß. Fußball spielte ich nur manchmal nach der Schule auf einem Bolzplatz mit einer Konservendose als „Ball". Richtig Fußball gespielt habe ich nie.

Schwimmen konnte ich relativ schnell, doch lernte ich nie kurze Teilstrecken mit dem Kopf unter Wasser zurückzulegen, wie der Favorit in meiner Klasse, ein Ungar.

Das Florettfechten gab ich nach wenigen Lektionen auf. Hier kapierte ich nicht, daß es erstrebenswert sei, einen Gegner theoretisch abzustechen. Allerdings mußte ich später einmal auf der Bühne im „Hamlet" als Laertes den obligaten „Degengang" so täuschend hinter mich bringen, als könne ich fechten. Letztlich war es wohl einigermaßen glaubhaft, was ich da bot – eben auch, daß ich auf der Strecke zu bleiben hatte. Immerhin absolvierte ich einen Jiu Jitsu-Kurs. Im Tischtennis spielte ich nach dem Krieg ganz gut und bestritt auch Matches in Turnieren für einen Verein. Gegen sympathische Frauen verlor ich gern, gegen jene, die ich liebte, immer.

Meine Mutter und ihr Inventar

Meine Mutter starb, kurz bevor im Krieg ihre Wohnung in Flammen aufging. Kaum vorstellbar, wie entsetzlich es für sie gewesen wäre. Fast alles, was sie besaß, stammte aus jener Zeit, in der sie mit ihrem wohlhabenden Mann ihren gutbürgerlichen Hausstand gründete. Damals war es eine Siebenzimmer-Wohnung, in der sich das Mobiliar verteilte. Nun, in den drei Räumen unserer letzten Wohnung, lagen die von meinem Vater von seinen Reisen mitgebrachten Teppiche übereinander. Da war das Leopardenfell mit dem präparierten Kopf, an den Wänden Bild an Bild und eine afrikanische Strohmatte mit irgendwelchen Schriftzeichen drauf. Da hingen Speere und ein großer Dolch, vor dem wir Kinder immer wieder gewarnt wurden, weil er möglicherweise mit Gift bestrichen sei. Im Büffet standen die mit Pedanterie gepflegten Porzellane, auf ihm antike Schalen und , dem Zeitgeschmack entsprechend, überall schwere Kristallglasvasen und -schüsseln. Im Zierschrank eine Kollektion von „Sammeltassen", alte Wachspuppen und mancher Nippes. Die Massierung des Interieurs auf einen kleinen Raum, das einmal auf Herren-, Wohn-, Eß- und Damenzimmer verteilt war, bedrückte. Da war der Rauchtisch, die Speisetafel, die Korbstehlampe, der Nähtisch, die Tiffany-Hängelampe, die Kredenz, das Sofa mit dem Guanako-Fell, das mein Vater aus Südamerika mitgebracht hatte. Ich könnte von den dicken Polstersesseln erzählen, einer Statue, dem Bücherschrank, einem schwarzen Adler aus Gußstahl und immer noch hätte ich einiges vergessen. Für meine Mutter war jedes Stück eine Reliquie, die sie an ihren Mann erinnerte, mit dem sie dank des Krieges und der zahlreichen beruflichen Auslandsaufenthalte meines Vaters zusammengerechnet wohl kaum mehr als zwölf Monate zusammengelebt hatte... Für uns Jungen war dieses ganze Zeug nur Inventar eines alltäglichen Museums ohne besondere Bedeutung. Als ich kurz nach dem Tod meiner Mutter mit meinem Bruder zusammentraf, wollte keiner von uns die Wohnung nebst Inhalt haben. Meiner Mutter blieb auch diese Enttäuschung erspart.

... und Hitler ?

Man stelle sich einen Zwölfjährigen vor, der ohne Vater in einer fast nur weiblichen, politisch impotenten, Verwandtschaft lebte. Da bot sich ihm dieser Adolf Hitler an als Führerfigur, der den idealistischen Vorstellungen eines Kindes Pfeffer gab. Ein Mann „aus dem Volk" mit immenser Selbstsicherheit, Nichtraucher, Antialkoholiker, Vegetarier... Er bot sich dar in einfacher Uniform und trug als einzige Auszeichnung nur das „Eiserne Kreuz" aus dem 1. Weltkrieg. Er präsentierte sich als Asket, ließ sich gern als Kinder- und Tierfreund fotografieren, und da er „seine ganze Kraft für Deutschland" einsetzte, machte man uns weis, daß er sich davon auch von keiner Frau ablenken ließ. Er wurde uns vorgeführt, wie er am „Eintopfsonntag" bescheiden seine Suppe löffelte. War das nicht sympathisch?

Andererseits hatte dieser „bescheidene" Mann eine immense Macht, die er sichtbar machte, wenn er etwa auf dem „Nürnberger Parteitag“ durch die vieltausendköpfige Menge aufgereihter, uniformierter ergebener Parteisoldaten schritt oder am „Erntedankfest“ euphorisch von jubelnden Bauersfrauen, denen vor Rührung die Tränen in den Augen standen, gefeiert wurde.

Dieser Mann, gab uns Kindern auch noch verbal Zucker, indem er uns suggerierte, daß wir „flink wie Windhunde, zäh wie Leder und hart wie Kruppstahl“ seien. Und so einem sollte ein Zwölfjähriger, dessen Umgebung mit diesem Mann sympathisierte, nicht auf den Leim gehen?

Seine fanatischen Rundfunkreden, die aus heutiger Sicht paranoides Theater waren, in dem er sich austobte, werteten wir Kinder als Ausdruck eines wahrhaft überzeugten Kämpfers. Was es damals an kritischen Stimmen gab, waren für uns Entgleisungen, Anmaßungen, Mißverständnisse oder Verfälschungen der subalternen Funktionäre. Auf Hitler ließen wir nichts kommen und so grassierte der läppisch entschuldigende Satz „Wenn der Führer wüßte...“. Gewiß gab es auch für uns, die kindlich Gläubigen, „Irritationen“. So etwa als Hitler einen Teil der oberen SA-Führung abknallen ließ („Röhm-Revolte“), wenn wir von Konzentrationslagern munkeln hörten oder das antisemitische Hetzblatt „Der Stürmer“ sahen, das „wir alle“ für irrsinnig und bescheuert hielten.

Als Hitler – ich war 19 – den Krieg vom Zaun brach, gab es keinen unter meinen Freunden, der das befürwortete, geschweige denn, der gejubelt hätte. Wir hatten ernsthafte Zweifel an der Behauptung Hitlers, daß dies letztlich ein Verteidigungskrieg sein sollte, indem wir „dem Feind gerade noch zuvorgekommen“ seien. Es war eine echte Prüfung für einen jungen Mann, der als Kind auf die Rutschbahn der Hitler-Gläubigkeit manipuliert wurde. Ich brauchte einige Jahre, um zu erkennen, wie infam und hinterhältig man unsere idealistische Bereitschaft ausgenutzt hatte. Die meisten meiner Freunde mußten ihre Rattenfänger-Gefolgschaft mit ihrem Leben bezahlen.

Mein Onkel Karl, das Unikum...

Er war der „reiche" Onkel in der Verwandtschaft. Davon profitierte niemand außer ihm. Er war Juwelier. In manchen Dingen war er seiner Zeit voraus. Bereits 1929 fuhr er ein kleines, elektrisch betriebenes Auto und hatte ein Fahrrad, das ohne Kette gefahren wurde. Onkel Karl war skurril und geizig. Als konsequenter Vegetarier ernährte er sich nach den Vorschriften des Schweizer Arztes Dr. Bircher-Benner. Eines Abends ging er mit mir, in der Meinung, daß ich darüber schweigen würde, in ein Lokal, um ein fettes Eisbein zu verzehren.

Zum Weihnachtsgeschäft half meine Mutter bei Onkel Karl aus. Weil er auch sehr wertvolle Schmucksachen verkaufte, mußte bei Verkaufsgesprächen stets eine zweite Person anwesend sein, die sorgsam darauf achtete, daß faule Kunden nicht zu fleißig wurden. Oft gab es aber noch einen zusätzlichen Zeugen. Das war ich. Stundenlang saß ich in einem offenen Nebenraum und konnte durch einen großen Spiegel die Vorgänge im Geschäft gut beobachten. In einer Ecke saß der Graveur, Isai hieß er, und ich sah ihm zu, wenn er Trauringe mit Namen und Bestecke mit Initialen versah. Manchmal mußte ich auch helfen Silber zu putzen. Onkel Karl sah ich nicht häufig, doch das änderte sich nach etwa zwanzig Jahren. Darüber später.

Eine Oase in Hitlers Gleichschritt-Jugend

1935

Wieder einmal war ich aufgefallen als einer, der nicht so spurte, wie es erwünscht war. Etwa hundert Jungen zwischen 10 und 14 Jahren waren es, die man „Fähnlein" nannte. Ich war so ein „Fähnleinführer" und immer darauf bedacht, daß es allen, die mit mir zu tun hatten, Spaß machen sollte. Als ich ein Transparent aufhängte mit der fetten Aufschrift: „Lacht mit uns!" und Eltern und Freunde der Jungen, sowie

Passanten, ansprach und mit ihnen auf einem Platz einen fröhlichen Nachmittag inszenierte, war das den mir Vorgesetzten ganz gegen den Strich und ich wurde „gefeuert"...

Da gab es aber doch einen ganz vernünftigen Mann „weiter oben", der mich – nachdem ich in einer Laienspiel-Fassung die Titelrolle des „Wilhelm Tell" gespielt hatte – fragte, ob es mir gefiele eine Spielgruppe aufzustellen. Ich könne in der ganzen Stadt dafür werben und jeder, der es wolle und Talent in sich verspüre, solle da mitmachen. Ich sei ihm direkt unterstellt. Das war zweifelsohne eine Sache nach meinem Geschmack. Bald hatte ich zwei Laienspielgruppen zusammen, die ihre Stücke selber schrieben, es gab eine Puppenspielgruppe, ein Streichorchester, einen Chor und eine Blockflöten-Gruppe.

Ich hatte tatsächlich – ohne jede Bevormundung – freie Hand. Es waren schließlich über 150 Jungen, die ich um mich scharen konnte und die an dem kreativen Tun Spaß hatten, ja begeistert waren. Viele der Eltern sagten mir, daß sie sich darüber freuten, ihre Kinder vor dem stupiden Jungvolk-Alltag bewahrt zu haben. Wir besaßen sogar die Frechheit, uns eine eigene Fahne mit großem bunten Stadtwappen anzuschaffen. Das ging wahrhaftig ein paar Jahre prächtig, bis es über mir eine neue Führung gab, die mich abhalfterte. Der Grund war, daß ich eine Reihe von 6 öffentlichen Veranstaltungen (Konzerte, Aufführungen, Chorsingen) nicht „ordnungsgemäß" angemeldet hatte. Das war es dann. Die Diktatur hatte mich wieder einmal eingeholt.

Die menschenverachtende und außerdem prüde Zeit

1937

Wie widersprüchlich war diese Zeit! Da wurden nationalistische Parolen gebrüllt, Haß verbreitet, im antisemitischen Revolverblatt „Der Stürmer" suhlte man sich in geilen Berichten über „Rassenschänder" und wir, die Jungen, wurden in Prüderie dressiert. Manche denken, daß wir mit den BDM-Mädchen unsere amourösen Spiele trieben. Ach, wäre doch etwas dran gewesen! Nein, die fast totale Geschlechtertrennung war von einer idiotischen Anomalie. So, wie es schon die gemeinsame Schule nicht gab, setzte sich das dann in der „Hitler-Jugend“ fort. Gab es mal eine Veranstaltung miteinander, war es stets eine „nebeneinander“, oft getrennt durch eine wie „Niemandsland“ gezogene Schneise. Wir Jungen waren so verkrampft, daß wir mit Mädchen, sofern es keine Mitspielerinnen waren, keine normalen Sätze sprechen konnten.

Als ich 16 war, lud ich meine Freunde zu einer alkoholarmen Maibowle, die meine Mutter uns bereitete. Ich sagte ihnen, daß es doch lustig wäre, wenn sie ihre Freundinnen mitbringen würden. Das war damals schon eine dolle Sache.

Wir saßen dann, die Maibowle in unserer Mitte, zu zwölft am Tisch, nur zwei von ihnen waren Mädchen...

So gab es denn auch weniger Trennungsschmerz, als diese Jungen nach wenigen Jahren in Hitlers Krieg befohlen wurden!

Als Juden die Fenster eingeschlagen wurden

1938

Ich ging durch die Stadt. Die Menschen waren unruhig und ich sah, daß die Fensterscheiben der jüdischen Geschäftsleute eingeschlagen waren. Offiziell soll es der „allgemeine Volkszorn“ gewesen sein, weil ein jüdischer Attentäter in Paris einen deutschen Diplomaten ermordet hatte. Von „Volkszorn“ sah ich nichts. Jeder wußte, daß es SA-Männer gewesen waren, die als willige Rabauken die dreckige gangsterhafte Arbeit erledigt hatten. Ich sah auch eine Synagoge brennen. Ich war „befremdet“ und rettete mich in die Floskel „Wenn das der Führer wüßte!“. Wußte aber, daß dieser Satz eine Selbsttäuschung war. Wütend wurde ich dann, als ich sah, daß einige Passanten Gegenstände, die nun ungeschützt in den Auslagen standen, fortnehmen wollten. In einigen Fällen wurde ich heftig und verlangte, daß das Diebesgut wieder zurückgelegt wurde, was jene, die sich überrascht fühlten, auch taten.

Ich verstand den ganzen Terror nicht, ging nach Hause und hörte Radio London in deutscher Sprache.

Ich verstand nicht, daß die SA-Führung so verbrecherische Befehle ausgeben konnte, die zweifelsohne für Deutschland von schlimmen Folgen sein würden.

Nach den Vorfällen um die Ermordung des SA-Stabschefs Ernst Röhm, war es die zweite Terroraktion, die ich mißbilligte, ja verabscheute. Jetzt wäre der geeignete Zeitpunkt gewesen, mich von meiner fatalen „Führer"-Ergebenheit abzubringen. Es gab jedoch niemand in meinem Bereich, der mir hätte Rückenwind geben können.

Ich hatte mir in den Kopf gesetzt, mit den Beinen zu gewinnen

1938

Ich trieb Sport, wollte kein Rekordler werden, doch einmal Sieger... Stadtmeister... Die 1000-Meter-Strecke hatte es mir angetan, diese Distanz von zweiundeinhalbmal um den Sportplatz. Die tausend Meter sind heimtückisch. Zu lang, um zu sprinten, zu kurz, um die Sache bedächtig anzugehen. Mit zweien meiner Freunde hatte ich gemeinsam einen Coup vor. Wir wollten bei den Stadtmeisterschaften die ersten drei Plätze erobern. Wie haben wir emsig trainiert, Taktiken erörtert, uns fit gemacht. Das begann schon Monate vorher. Schließlich kam der große Tag des Wettkampfes. Am Vormittag sagte mir einer der beiden anderen, daß er sich den Arm verstaucht habe und verzichten müsse, da er nicht unbehindert laufen könne. Also waren wir noch zwei und alle ausgeklügelte Taktik somit gegenstandslos. So lief ich also vom Start los. Ich raste... sprintete, so daß die „Mitläufer" es für unnötig hielten sich anzuschließen, denn es war klar, daß ich dieses Tempo nicht würde durchhalten können. Darauf hatte ich spekuliert und lief bereits langsamer, bevor mir die Puste ausging. Die anderen kamen mir näher und sahen ihre Prognose bestätigt. Doch als sie mich gerade eingeholt hatten, ging ich an meine Reserven, gab „Gas" und kam weit vor meinem Konkurrenten, einem „gefürchteten" Mitglied des Post-Sparvereins ans Ziel. Ich war Stadtmeister!

Wehmütig denke ich zurück an meine Tochter Susanne, die es mir als Schülerin in Frankfurt über 800 Meter nachmachte. Wir hatten oft miteinander trainiert. Und warum denke ich wehmütig daran? Weil sie heute wegen unerbittlicher Multipler Sklerose an den Rollstuhl gebunden ist.

Der „Führer", der uns die Jugend stahl...

1939-1945

Wir waren dabei, gerade junge Männer zu werden, als uns Hitler in diese wichtige Lebensphase pfuschte. Wir wollten nicht einen „Führer", die „Heimat", das „Vaterland" lieben, sondern Mädchen, Frauen! Wir wollten das andere Geschlecht kennenlernen, wir wollten flirten, uns verlieben, mit ihnen küssen. Wir, diese jungen, gerade für die Liebe reif gewordenen Menschen, wollten lieben, geliebt werden, wurden statt dessen aber in Kasernen gesperrt mit Zwängen, Drill, Ausgangsbeschränkung und dann zum Menschen-Erschießen oder Erschossen-Werden an die Front befohlen. Wir sollten „Helden der Nation" spielen, wir, diese zu Enthaltsamkeit und Sterilität verurteilten jungen Männer.

Die Gefahren, denen wir konfrontiert wurden, dämmten zuweilen unsere Phantasie ein. Wer nicht das bescheidene Glück hatte, ab und zu einen Liebesbrief zu bekommen (und wie sollte man solchen erhalten, wenn man keine Gelegenheit hatte, eine solche Schreiberin kennenzulernen?), fühlte sich um alles, was das Leben eines jungen Menschen ausmacht, betrogen. Wie viele Millionen junge Menschen waren es, die starben, ohne je in ihrem Leben eine Frau in den Armen gehabt zu haben?!

Ich erlebte es, daß ein junger Mann von einem Unteroffizier der Lächerlichkeit preisgegeben wurde, weil er bei der Selbstbefriedigung „ertappt" worden war.

Da wurden Soldatenlieder von „Lilli Marleen" bis „Lore... Lore..." von „Schwarzbraun ist die Haselnuß" bis „Erika" geschnulzt, über eine Liebe, die es für uns nicht zu geben hatte! Von der Prüderie der Hitler-Jugend in die erzwungene Abstinenz des Frontsoldatentums, der gerade Weg unmenschlicher Bevormundung.

Der Höhepunkt meiner Maurer-Karriere

1939

Es überraschte mich, daß ich nach der verhaßten Zeit als „Maurerlehrling"– mein Praktikum war mit einer Lehre gekuppelt – in diesem Metier noch ein Erfolgserlebnis hatte. Im „Reichsberufswettkampf" siegte ich in der Provinz (Gau) Sachsen-Anhalt und erhielt zur Belohnung eine Schiffsreise nach Norwegen. Es war einer der Renommier – Musikdampfer der KdF (Kraft durch Freude) – Flotte und die Reise ging eigentlich nicht nach „Norwegen", sondern nur in die Fjorde des Landes. Nirgendwo durften wir an Land, denn wir hatten keine Visa. Dennoch war es eine schöne Reise. Sie kam uns vor wie ein Kulturfilm, in dem man lebte. Die phantastische norwegische Kulisse war überwältigend, der Umgangston an Bord recht „zivil". In Zivil war auch der damalige Verbindungsoffizier zur „Hitler-Jugend", Erwin Rommel. Er hielt einen Werbevortrag für die Wehrmacht.

Noch in der Elbe, kurz vor ihrer Mündung in die Nordsee, überholte uns ein schlankes Kriegsschiff. Es war die „Aviso Grille" des Herrn Hitler, die ihm für seine Fahrten zur Verfügung stand. Er soll auch an Bord gewesen sein, obwohl es auf die Entfernung nicht konkret zu erkennen war.

Ich weiß nicht mehr genau, welche Fjorde Norwegens wir anliefen. Besonderen Eindruck machte auf uns der NAERØY-Fjord. Über Lautsprecher wurde gesagt, daß wir unsere Stimmen dämpfen und die Landschaft auf uns wirken lassen sollten, während die Musik Edward Griegs über das Wasser tönte. Man kündigte uns an, daß am Ende des Fjordes ein deutschfreundlicher Künstler sein Haus habe: und uns zum Gruß zog dieser die deutsche Flagge auf, das war damals die Hakenkreuz-Flagge. Uns erstaunte das...

Während der kurzen Reise erhielten wir Nachricht von der Explosionskatastrophe des Luftschiffes LZ 129 in Lakehurst. An Bord fand eine Trauerfeier statt. Ein halbes Jahr danach war Krieg...

Wieviel weniger belastet waren später meine Reisen nach Norwegen. Nicht im Traum wäre mir eingefallen, daß ich sogar einen Roman über eine solche Reise schreiben würde.

Krieg und Nachkriegszeit

1939 - 1950

Nicht mehr Mensch sondern „Soldat“

1940

Hitlers Angriffskrieg, den er dem Volk als „Verteidigungs-Offensive“ andrehen wollte („Wir sind dem Angriff des Feindes gerade noch zuvorgekommen...“) brachte uns, die jungen Menschen, welche vom „Führer“ als „Garanten der Zukunft“ getätschelt wurden, in ideologische Bedrängnis. Wir, die wir nach Hitlers Slogan „Flink wie Windhunde, zäh wie Leder und hart wie Kruppstahl“ sein sollten, sahen unseren Idealismus durch den Kriegsausbruch mehr oder minder angekratzt.

Ich wurde zu einer Artillerieeinheit eingezogen und erlebte dort, schon vom ersten Tage an, die erschreckendsten Realitäten militärischer Schikanen, Persönlichkeits-Versklavung und Befehlswillkür. Da mußten wir Zeugen der standrechtlichen Erschießung eines angeblichen Deserteurs sein und vor der Front der angetretenen Truppe wurde ein Offizier aus uns nicht bekannten Gründen degradiert und ihm von einem Vorgesetzten die Rangabzeichen von der Uniform gerissen. Was dem Mann sonst noch geschah, entzog sich unserer Kenntnis.

Das waren die Besonderheiten, die Alltäglichkeiten bot uns die überhebliche Unteroffiziers-Gang, die sich immer neue Sadismen einfallen ließ, um uns zu demonstrieren, daß wir, die „einfachen Soldaten“, ein Dreck waren. Diese kriminellen Klein-Tyrannen, meist niedrigen Intelligenzgrades, ließen sich von uns, den ihnen ausgelieferten Untergebenen, die Stube mit einer Zahnbürste ausfegen, mit einem Eierbecher eine Regenwassertonne ausschöpfen, sie maßen die Haarlänge genau nach und schnitten, wenn es ihnen behagte, eine Strähne vom Kopf.

Ich wurde Zeuge, wie sich ein verzweifelter Rekrut im Treppenhaus zu Tode stürzte. Man brauchte keine Idealisten, sondern parierende Roboter. Es gab allerdings die Möglichkeit der Beschwerde. Ich machte davon Gebrauch und wurde zur

Belohnung mit aufgesetzter Gasmaske über den Kasernenhof gejagt und war der Ohnmacht nahe...

Gäbe es mich noch, wenn es Einen gegeben hätte?

1935 - 2000

Seit Jahren geht mir der hypothetische Gedanke durch den Kopf: Wie wäre es gewesen, wenn sich in meiner Jugend ein vertrauenswürdiger Mensch bemüht hätte, mich über den Nationalsozialismus, Hitler und Konsorten, Rassenhaß undsoweiter aufzuklären?

Wenn ich zurückdenke, so bin ich nur einem, dem Vater eines Freundes, begegnet, von dem ich wußte, daß er Sozialdemokrat war und das „Dritte Reich" ablehnte. Doch dies war schon alles, was er mir gegenüber, sehr zurückhaltend, äußerte. Mein Onkel Hugo war zwar ein Hitler-Gegner, doch was er ihm verübelte, war eigentlich nur seine Herkunft, daß er ein „Parvenu" sei. Die Freunde des Onkels, er protzte gern damit, waren verkalkte hohe Offiziere im Ruhestand. Nein, so einer hätte mir nicht die „Augen öffnen" können. Aber ich weiß, wenn jemand mit Eifer und Logik, Überzeugungskraft und Offenheit, Fakten und Hintergründen versucht hätte, meinen Idealismus in Klarsicht umzuwandeln, es wäre möglich gewesen...

Doch, so frage ich mich ernsthaft, würde ich dann heute noch am Leben sein können? Hätte ich meine Erkenntnisse unter der Decke halten können? Ich eckte ja ohnehin oft genug nur deshalb an, weil ich meine Ideale nicht realisiert sah, weil ich diese spießigen Hitler-Miniaturausgaben erschreckend dumm, borniert und penetrant fand.

Was wußte ich?

1940 - 45

Ich war im Krieg. Leider direkter als viele andere. Es hieß, daß für jeden Soldaten an der Front neun andere irgendwo zwischen Etappe und „Heimat“ hinter ihm stünden. Ich war in Rußland und erlebte auch den Winter dort, der uns – schlecht versorgt – „überraschte“.

Schon oft hörte ich die Frage: „Und was haben Sie von der Judenverfolgung mitbekommen?“ Ich muß bekennen, ich hatte nur ein kurzes Erlebnis. Es war wenige Tage nach dem Einmarsch in die Ukraine, der eher eine „Einfahrt“ war, denn wir saßen auf einem Lastwagen. Da sahen wir in einem Dorf, daß ein Zivilist einen orthodoxen Juden vor sich hertrieb und ihn prügelte. Die Entfernung von uns betrug etwa 40 Meter. Wir waren zwar befremdet, doch hielten es für eine interne Sache zwischen den beiden Einwohnern. Es erschien uns, als wollte dieser rabiate Ukrainer irgendeinen Haß abreagieren und nutzte den rechtlosen Zustand. Wir konnten uns nicht einmischen, denn wir waren „einfache Soldaten“, die in einer Lastwagenkolonne in Richtung Front gekarrt wurden. Das ist schon mein ganzer Augenzeugenbericht, den ich geben kann. Was später, von für diese Zwecke ausersehenen Einheiten, an bestialischen Greueltaten begangen wurde, hörte man hie und da mal „unter der Hand“ und hielt es für illegale Übergriffe, die so vom „Führer“ nicht gewollt seien. Einmal hörte ich einen Soldaten, wie er im Zug etwas von Metzeleien andeutete. Sicherlich, um mein Gewissen nicht zu strapazieren, ordnete ich das als großmäuliges Landserlatein ein. Ja, ich wollte, daß solche Stories gelogen waren, auch wenn man sagte, daß man in einem KZ ein Krematorium gesehen habe...

Rapport bei Hauptmann Beissel

„Sofort zum Rapport beim Kompaniechef!“

Meist handelte es sich bei so einem Befehl um eine bedrohliche Sache, die dahintersteckte. Deshalb mußte man(n) in voller Montur, das heißt irrsinnigerweise mit dem Stahlhelm auf dem Kopf, als handele es sich um einen Granatsplitter-Regen, der einen erwartete, vor dem Allgewaltigen erscheinen.

So geschah es auch bei einer Ordensverleihung, mit der gewiß nicht zu rechnen war, meist jedoch, wie hier, zur Entgegennahme einer Bestrafung. Ich ahnte, was auf mich zukam: Als wir nach einer anstrengenden Tagesübung in unsere Kasernenstube zurückgekehrt waren, war diese verwüstet. Ein primitiver Feldwebel hatte sich in unserer Abwesenheit ausgetobt, weil ihm unser Ordnungssinn mißfiel. Wir, die „stolzen Soldaten des Führers“, die man für den „heldenhaften Kampf gegen die Untermenschen“ vorbereitete, sollten wie Klippschüler eines unfähigen Klassenlehrers, 100mal den Satz schreiben: „Wir sollen unsere Stube sauberhalten!“ Befehl ist Befehl! Jawollll! Wütend setzten wir uns an den Tisch und befolgten ihn.

Ich überschrieb diese, jede Menschenwürde verachtende, Stupidität mit dem Satz:

„Die Freizeitgestaltung als Maßstab für das geistige Niveau einer Truppe!“ Zart strich ich es durch, so zart, daß es gut leserlich blieb. Das war für Kommißköpfe zuviel. Auch für den Hauptmann mit dem karikaturistischen und trefflichen Namen „Beissel“.

Da stand ich also vor dem Berufs-Oberkiller, der mich dann auch mit zornrotem Kopf „fertig machte“, der von „Untergrabung der Disziplin“ und „Aufforderung zur Meuterei“ schrie und mir als Rache für mein Tun androhte mich ins KZ zu „werfen“. Die Situation war mehr als brenzlig, und ich mußte jetzt noch rasch versuchen zu retten, was vielleicht noch zu retten war. Ich erlaubte mir „gehorsamst“ einen Hinweis:

„Diese Überschrift gehörte eigentlich nicht zu der Strafarbeit, sondern sollte das Thema für eine Betrachtung sein, die ich zu schreiben vorhatte. Bei dem knappen Schreibpapier hatte ich diesen Zettel genommen, und so ist es irrtümlich zu dem Mißverständnis gekommen.“

Zwei Transparente in Rußland

1941 - 45

An zwei Transparente in der Sowjetunion kann ich mich erinnern. Beide habe ich mit eigenen Augen gesehen. Beim Einmarsch, der ja mehr eine „Einfahrt“ war, kamen wir in ein ukrainisches Dorf und staunten über ein Transparent, das über die Straße gespannt war und in Deutsch geschrieben: „Wir grüßen die Deutsche Wehrmacht!“ Wir haben nicht erfahren, wer es dahin gehängt hatte. Propaganda von deutscher Seite konnte es nicht sein, denn wir waren die ersten Deutschen, die dorthin gekommen waren. Ich habe es auch gesehen, daß ein Bürgermeister Offizieren Salz und Brot als Zeichen der Gastfreundschaft präsentierte. War es die Illusion der Ukrainer, daß Hitler ihnen Unabhängigkeit von der Sowjetunion schenken würde? So, wie es später Ukrainer gab, die sogar auf deutscher Seite gegen die Rote Armee kämpften. Das zweite Transparent sah ich am 20. April 1945, also kurz vor dem Ende des Krieges. Es hing zwischen Häusern – deutschen Häusern, denn die Sowjets waren bereits in Schlesien –, worauf der sarkastische Text stand:
„Der letzte Geburtstag Eures Führers!“
Wir wußten schon vor diesem Zeitpunkt, das alles dem Ende zuging. Mit diesem ironischen Text jedoch fand es drastisch Bestätigung. Wenn der „Feind“ beginnt, sich Ironie zu leisten, ist es ein Zeichen seiner Siegeszuversicht. Zwischen den beiden Transparenten lagen ein paar Jahre Krieg, Jahre des Irrsinns.

Soll ich nicht oder eventuell doch?

Wieder einmal zum „Rapport" beim Kompaniechef. Diesmal ohne Stahlhelm-Mummenschanz. Der Grund des „Rendezvous", urplötzlich wollte man, daß ich Offizier werden sollte. Die höchst brisante Geschichte mit der Strafversetzung war inzwischen beigelegt. Ich war wieder bei den Funkern. Ich lehnte das als Auszeichnung gedachte Angebot ab. Nach meiner Begründung gefragt, antwortete ich, daß ich das Offizierskorps, soweit ich es kenne, ablehne und mir nicht vorstellen konnte, eines Tages dazugehören zu wollen. Zweifelsohne eine waghalsige, doch ehrliche Antwort.

Ich kam ungeschoren davon, obgleich das mißtrauisch beleidigte Gesicht des Hauptmann Beissel die Frage offen ließ, ob ich noch mit einer Rache würde rechnen müssen.

Verachtung, die Macht des Untergeordneten

Schon im Jungvolk erkannte ich, daß jene, die sich danach drängten, Befehlsgewalt zu bekommen, Streber, machtgierig und eitel waren, genau für eine Vorbildfunktion ungeeignet. Die meisten von ihnen habe ich abgelehnt, einige gehaßt. Als man mich selbst dann beförderte und mir „Untergebene" anvertraute, wollte ich es ganz anders machen, ohne Dünkel, Mißbrauch und Überheblichkeit. Ich denke, daß es mir gelungen ist. Weil ich mich wahrhaft bemühte, es anders zu machen, mich nicht als Klischee-Vorgesetzter zu verhalten, wurden jene „über" mir mißtrauisch und war es mir nicht leicht, gegen deren Anordnungen es so zu machen, wie es meiner Art gerecht wurde. Stets war ich denen, die mir anvertraut waren, primär Freund.

Nicht anders war es dann beim Militär. Es gab kaum einen Vorgesetzten, den ich nicht strikt mißbilligte, verachtete und das oft nicht versteckte. So war es folgerichtig, daß ich es ablehnte, als man mir das Angebot machte, eine Offiziersschule zu besuchen. Als ich dann an der Front war, wiederholte man das Angebot, und wieder verweigerte ich mich, bis einige meiner Freunde mir zuredeten mit der Begründung, daß ich es doch besser machen könne und als humaner Vorgesetzter vielen Soldaten (oder wenigstens einigen) das Leben erleichtern könne. So geschah es denn auch eines Tages, und ich denke, daß ich meinem Anspruch gerecht wurde. Ich bemühte mich, weitgehend mit Erfolg, im Rahmen des Möglichen gerecht zu sein, meine Macht nicht zu mißbrauchen und mit den Soldaten menschenwürdig umzugehen. Auch hier fühlte ich zwar Skepsis und Mißtrauen seitens der mir Vorgesetzten, bekam aber eigenartigerweise doch Aufgaben, die mich oft beinahe autonom machten und bei denen ich beim Realisieren meiner Art des „Führens" kaum behindert wurde. Die Zahl der Rüffel, die ich dafür bekam, hielt sich in Grenzen. Wie gut, daß ich wenige Wochen vor der Kapitulation von der Truppenführung entlastet war, mich für keinen Menschen außer mir sorgen mußte. Es begann die gefährlichste Zeit meines Lebens, die meiner 28-tägigen Flucht.

Eine russische Kugel traf mich

1943

Es war dunkel. Der russische Soldat hat mich wahrscheinlich nicht gesehen, nur gehört und deshalb blindlings in meine Richtung geschossen. Ich fiel und konnte dann fliehen. Ich hatte mehr Angst als Schmerzen. Die Schulter war getroffen. Ich spürte es heftig bluten. Noch war es mir nicht klar, daß, zumindest vorerst, der Krieg für mich beendet sei. Wenige Zentimeter nach links hätten mein Leben beendet. So aber würde ich ein verwundeter Soldat sein mit Lazarettaufenthalt, Heimtransport und Genesungsurlaub, also noch kein toter Held.

Ich wurde tatsächlich von Lazarett zu Lazarett transportiert. In einem lag ich mit einem Leidensgefährten zusammen, einem Militärpfarrer, dessen Gottglaube den Kopfschuß nicht verhindert hatte. Vom Arzt war ihm strikt verboten worden zu lesen. Eine Glühbirne baumelte in Raum, abgedunkelt durch ein Zeitungsblatt, und plötzlich hörte ich die Stimme des verwundeten Pfarrers: „Kartoffeln lagere trocken! Kar-tof-feln lagere trocken!" Die drei Worte wiederholte er immer wieder. Er hatte die Parole von dem Zeitungsblatt an der Glühbirne abgelesen.

Ab jedem Abend war dieser Satz, wann das Licht angeknipst worden war, sein verbotener Lesestoff. Ich höre diese Stimme, diese Worte, die aus dem halbtoten Menschen kamen, noch heute gespenstisch nachklingen.

Ich hatte einen Gipsverband, der den rechten Arm umschloß und bis zur Schulter reichte. Es war nicht einfach, damit zu schlafen, doch was mich rasend machte, waren die unter dem Verband krabbelnden Kleiderläuse, die ich nicht erreichen konnte.

Im Lazarett bekam ich zwei Briefe. Einen von meiner Mutter und einen von meiner Tante Gertrud. Natürlich las ich den von meiner Mutter zuerst. Sie kündigte an, daß sie in den nächsten Tagen ins Krankenhaus gehen würde wegen einer Unterleibs-Operation, doch ich solle mir keine Sorgen machen. Der Brief meiner Tante berichtete vom Tod meiner Mutter. Sie habe die Operation nicht überstanden. Es war einer der seltenen Fälle in meinem Leben, bei denen ich hemmungslos weinte.

So verlor ich meine Unschuld

Es war sehr simpel.

Im Winter 1943 ergab sich das Ereignis, eigentlich war es längst überfällig.

Ich kam an einem Kino vorbei, aus dem die Besucher nach der Vorstellung auf die Straße strömten. Vor mir ging eine junge Frau und summte die allseits bekannte und sehr eingängige Melodie des Films. Ich summte mit. Die Frau drehte sich lachend zu mir um. Das war es eigentlich schon oder soll ich weiter berichten?

Wir sprachen miteinander, wir gingen miteinander und waren bald in der nahen Wohnung.

Es bedurfte keiner Überredungsanstrengungen, weder von ihr noch von mir. Die Kriegszeit war schnellebig, weil auch raschtötend. Wir sprachen nur wenig und von „Liebe" schon einmal gar nicht. Nach wenigen Minuten – waren es drei oder fünf – lagen wir nackt im Bett.

„Das war meine Premiere als Mann"

Ob es mir gelang, meine Unerfahrenheit einigermaßen zu tarnen? Ich denke, daß ihr das auch nicht wichtig war. Dennoch gab sie mir ihren Wohnungsschlüssel. Den legte ich heimlich auf die Flurgarderobe. Das war es... noch nicht ganz. Sie hatte wohl kurz nach meinem Abschied den Schlüssel entdeckt, denn sie lief mir nach zum nahen Bahnhof. Ich hatte ihr gesagt, daß ich mit dem Zug fahren müsse, was auch stimmte. Doch bekenne ich, als ich sie dort, mich suchend sah, versteckte ich mich, weil ich die Begegnung scheute. War ich zu feige oder angesichts dieser recht banalen Premiere überfordert?

Starb mein Bruder wirklich „freiwillig"?

1944

In diesem Jahr starb meine Mutter und auch meine Großmutter. Nun bekam ich die Nachricht vom Tod meines Bruders. Nach dem offiziellen Text soll er sich erschossen haben. War das die Wahrheit? Wie sollte ich, der ich selbst Soldat war, das überprüfen? Bei meinem letzten Treffen mit ihm, es war in Potsdam, schwärmte er, der leidenschaftliche Journalist, von der Zeit nach dem Krieg. Er habe sich mit Kollegen angefreundet, die bei der schon längst verbotenen Zeitschrift „Der Querschnitt" gearbeitet hatten. Sie wollten miteinander etwas „ganz Dolles" auf die Beine stellen. Nach dem Krieg? Wie stellte er sich diese Zeit dann vor?

Mir wurde ein Päckchen übersandt, in dem sich einige Dinge von ihm befanden. Eigenartigerweise waren keine Aufzeichnungen von ihm dabei. Das war bemerkenswert bei einem „Schreibenden". Er, der Geschichtskenner, hatte für Soldatenzeitungen historische Reportagen geschrieben. Das wußte ich, hatte auch einige gelesen.

Während unser Altersunterschied, er war fünf Jahre älter, unserer Einmütigkeit in der Jugend manchmal im Wege stand, verstanden wir uns in den letzten Jahren sehr gut.

Manche Theorien über seinen Tod gehen mir heute noch durch den Kopf. Er soll in Lemberg gewesen sein. Tötete er sich tatsächlich selbst? Und wenn, was war das Motiv? Hatte er politische Gründe? War es eine Frau, vielleicht eine Jüdin, die er liebte? Hatte er etwas gesehen, was er nicht überleben wollte? Und wenn es doch keine Selbsttötung war?

Ich trug einige Jahre seinen Siegelring mit dem Familienwappen, in dessen Gravur ich meinte, Spuren seines Blutes zu erkennen. Der Ring wurde mir gestohlen, die Ungewißheiten blieben.

Eine gespenstische Hochzeit

Mai 1945

Letzte Tage des Krieges.

Hitler hatte sich bereits getötet.

Da fuhr in einer Kutsche in einem evakuierten schlesischen Ort, durch Panzersperren hindurch, ein junges Paar zum Standesbeamten, den man von irgendwo herbeigeholt hatte und vor dem eine der letzten Trauungszeremonien des „Großdeutschen Reiches", das inzwischen zu einem „Klein-Deutschland" geschmolzen war, zelebriert wurde. Ich heiratete E.R., eine Studentin aus dem Sudetenland, die ich ein halbes Jahr zuvor kennengelernt hatte. Diese gleichermaßen groteske wie makabere Heirat schien uns ein Strohhalm in der allgemeinen Panik zu sein. Uns blieben nur wenige Tage des Gefühls, ein Ehepaar zu sein. Am 8. Mai stieg sie in ein Auto, in dem die Frau des Generals saß, und sie fuhren beide gen Irgendwo im Westen. Für mich war dieser Tag der erste meiner 28-tägigen Flucht durch das von den Sowjets eroberte Gebiet.

Darüber an anderer Stelle.

Vom „Helden der Nation" zum „gehetzten Tier"

8. Mai 1945

Noch hatten uns die Russen nicht eingefangen als wir erfuhren: „Die Deutsche Wehrmacht hat bedingungslos kapituliert!" Es war irgendwo in Schlesien. Ratlos starrten wir uns an. Es fehlte uns der Realitätssinn, um nicht schon Wochen vorher zu erkennen, daß „alles verloren" war. Nun waren wir keinem Befehl mehr unterworfen. Die „Deutsche Wehrmacht" hatte aufgehört zu existieren. Nun war jeder „nur noch Mensch". Höchstens!

Keiner konnte mehr kommandieren, es gab keinen Gehorsam mehr. Man war nicht frei, man war vogelfrei. Jeder russische Soldat, der einem jetzt begegnen würde, hatte über einen Befehlsgewalt, konnte mit einem nach Gutdünken umgehen, möglicherweise auch abknallen.

So schien es opportun, nicht nur die „Flinte ins Korn zu werfen“, sondern alles, was an einem noch „Soldat“ war, ebenfalls abzustreifen. Meine Militärarmbanduhr schenkte ich einem Bauern, der mir dafür eine alte Hose und zerschlissene Jacke gab. Mir war klar, daß ich im Ausdruck, Haarschnitt und Sprechen erst in die Rolle hineinwachsen mußte. Außerdem war man verdächtig jung und somit unverkennbar deutscher Soldat. Leider gelang es mir nicht, die „Knobelbecher“, die Militärstiefel, gegen zivilere Fußbekleidung einzutauschen. Wie würde es mir gelingen, meine schauspielerischen Fähigkeiten für die Rolle „harmloser Zivilist“ einzusetzen?

Für mich begann eine mehr als demütigende Flucht über viele hundert Kilometer. Ich besaß nichts außer meinem Leben, und das galt in diesen Tagen nicht mehr viel. Ich war ein gehetztes Tier mit Namen „Mensch“.

Die Flucht, ein tolles Abenteuer

Auch nach weit über 50 Jahren Distanz sehe ich meine damalige Flucht keineswegs als amüsantes, prickelndes „Räuber und Gendarm-Spiel. Ich brauchte diese Distanz, um überhaupt darüber sprechen zu können. Ich hatte diese 28 Tage meines Lebens zugebaggert. Es ging 28 Tage und Nächte um Leben oder Tod, Freiheit oder jahrelanges Gefangenenlager. Im sowjetisch besetzten Terrain wurden alle Männer zwischen 16 und 70 Jahren erst einmal überprüft, zum mindesten vorübergehend festgenommen. Ich war 24 und konnte mich somit nicht herausreden, etwa kein Soldat gewesen zu sein. Ich habe meinen Kindern davon nichts erzählt, denn bei aller Drastik der Worte hätten sie es nicht nachvollziehen können und als Abenteuer gewertet, sicherlich gedacht, ich würde übertreiben. Ich wollte sie mit den Tatsachen nicht belasten.

Gewiß klingt es sogar etwas „lustig“ wenn ich berichten würde, daß ich tagelang mit einer Harke auf der Schulter ging, um den Eindruck eines Dörflers zu erwecken, der irgendwo in der Nähe wohnte.

Einmal brach ich in ein kleines Sommerhaus ein, band mir eine dort hängende blaue Schürze um. Da stand ein russischer Soldat am Zaun. Er hatte eine Pistole und schoß auf eine Flasche. Dann wollte er mir die Waffe geben und ich sollte es ihm nachmachen. Das war eine heikle Situation. Ich lehnte es brüsk ab. Welche Finte hatte er sich ausgedacht?

Als ich morgens sehr früh durch ein Dorf kam, das ich für unbesetzt hielt, sah ich erschreckt eine russische Soldatin, die vor einem Haus Posten stand. Sogleich begann ich, an die Parterrefenster der niedrigen Bauernhäuser zu klopfen, als würde ich in amtlicher Mission die Leute wecken. Ich rief: „6 Uhr! Aufstehen, 6 Uhr! Aufstehen!" Entschuldigt bitte, liebe Leute, wenn ich Euch geweckt habe, doch vielleicht habe ich damit mein Leben gerettet. Zu der uniformierten Russin sagte ich, sie grüßend: „Guten Morgen!“ Wahrscheinlich auch irgend etwas Russisches.

Einmal sprang ich aus dem ersten Stock eines Hauses, als Soldaten der Roten Armee es im Erdgeschoß zu durchsuchen begannen. Als sie es merkten, liefen sie mir nach, doch ich war bereits an einem Waldrand und sie wohl zu faul, mir zu folgen.

Unterwegs wurde ich mehrmals von Soldaten nach der Uhrzeit gefragt. Sie wollten so erkennen, ob ich eine Uhr besitze, die man requirieren könne. Ich schaute in dem Fall nach oben zum Himmel, als wolle ich am Stand der Sonne die Uhrzeit schätzen. Tatsächlich hatte ich eine billige Taschenuhr bei mir, die, an einem Bindfaden am Gürtel befestigt, zwischen meinen Genitalien baumelte. Diese Uhr und eine Unterhose waren die einzigen Gegenstände, die ich noch besaß.

Ja, ja, das klingt alles nach spannend-fröhlichem Abenteuer, doch es gehörte zum verzweifelten Kampf ums Überleben!

Die letzten Tage der Flucht

Ja, es sollte der letzte Tag der Flucht aus dem Machtbereich der sowjetischen Siegermacht werden. Der letzte Tag des verfolgten Ex-Soldaten. Der letzte Tag vor drohender Gefangenenlager. Doch gab es nach den vielen Kilometern über Felder, Wiesen und Berge, durch Dörfer, Wälder und Bäche ein besonderes Hindernis zu überwinden: Die von den Russen sorgsam bewachte Demarkationslinie, die Elbe. Mir war klar, daß ich dies nur nachts schaffen konnte, nachdem ich mich tags vergeblich bemüht hatte, an das Elbufer zu kommen. Ich hatte am Ende einer Schneise, die ich überqueren mußte, ein Maschinengewehr gesehen, mit dem man Flüchtlinge abzuschießen vorhatte. Es war etwa 30 Meter entfernt und dennoch gelang es mir, robbend unbemerkt die Schneise zu überqueren. Als ich jedoch danach schwierigere Situationen vorfand, kroch ich noch einmal zurück, an dem Maschinengewehr vorbei, und wollte es nun in der Nacht schaffen.

So war es denn auch. Ich erreichte ungehindert das Ufer, hörte zwar nahe Stimmen, zog jedoch Schuhe und Jacke aus, bündelte sie, band sie auf den Rücken und stapfte in das Wasser, dessen Kühle ich in meiner Aufregung nur nebenher empfand. Mir war klar, daß der Strom mich abtreiben würde, doch konnte ich die Strömung, wenn ich schräg gegen sie schwamm, ausnutzen. Ich hörte Schüsse, wußte aber nicht, ob sie mir galten. Es war dunkel und kein Scheinwerfer erfaßte mich. Ich erreichte das gegenüberliegende Ufer und war nun in der Besatzungszone der Engländer. Ich zitterte vor Kälte und doch lachte ich befreit. Mir schien es, als hätte ich in diesen 28 Tagen der Flucht, des Versteckens, des Bluffs, eine ganze Armee überlistet.

Obgleich es bereits Morgen war, schien es mir noch recht dunkel zu sein. Ich sehnte mich nach wärmender Sonne. Ich klopfte an ein kleines Haus, in dem ich Licht sah, und bat, meine nassen Kleidungsstücke gegen irgendwelche alte, doch trockene, einzutauschen. Ohne Umstände gab man mir, was ich wünschte, und ich machte mich auf den zehn-Stunden-Weg zu meiner Tante, die sich als evakuierte Städterin auf einem Bauernhof eingemietet hatte. Wie schwer war dieser Weg mit den feuchten Schuhen (die man nicht austauschen konnte), die im Laufe der Stunden meine Füße zum Bluten brachten. Gleichviel, endlich konnte ich stur geradeaus gehen, ohne mich vor irgend Jemandem verstecken zu müssen. Ich hoffte nur, daß die Adresse, die ich von meiner Tante hatte, noch aktuell war. Ich hätte nicht gewußt, wohin ich mich sonst hätte wenden können.

Ich erreichte am Nachmittag mein Ziel, klingelte an dem Haus, und es machte mir eine Frau in schwarzer Kleidung auf. Sie fragte mich und ich sagte, daß ich eine Frau Robrahn sprechen möchte. (Später erzählte die Tante mir, daß sie gefragt habe, wie der denn aussähe, der nach ihr verlangt habe. Die Frau in Schwarz, die Bauersfrau, soll darauf geantwortet haben: „Er hat gute Augen".) Nun also begann mein zweites Leben. Diesmal hatte ich mich selbst geboren.

Als Mensch auf der Nahrungssuche

1945 - 50

Die karge Nahrung in der Nachkriegszeit war ebenso ein widerliches Hauptproblem wie die Erinnerung an sie heute manchen Genuß fördert, wenn heute auf dem Tisch drei Käsesorten stehen, man sich für Brot oder Brötchen, Butter oder Margarine entscheiden kann und dazu eine Flasche Rotwein genießt, kommt es mir oft über die Lippen: „Was für ein Luxus!"

Ich hatte Glück, daß ich 1945 auf einem Bauernhof landete. Nein, es stand nicht alles zur Verfügung, Butter gab es nur zum Abendessen am Sonntag, und wenn man das Brot mit Butter bestrichen hatte, war es unziemlich, etwa noch dazu Käse oder Wurst draufzulegen. Dennoch nicht vergleichbar mit dem kargeren „Speiseplan“ eines damaligen Städters. Es gab Kartoffeln, Getreide und Gemüse, also war es kein Problem, satt zu werden. 1946 aber verließ ich den Bauernhof und war nun auf das angewiesen, was die Verwaltungen einem per Lebensmittelkarte zuteilten. Nunmehr im Harz lebend holte ich mir jedoch vom Sommer bis zum ersten Frost Pilze aus dem nahen Wald. Ich wurde Kellner. Ich wußte wohl den Perlpilz vom ähnelnden Knollenblätterpilz zu unterscheiden. Sonst könnte ich nicht mehr darüber schreiben. Es gab Hallimasch, Maronen, Pfifferlinge, Butter- und Rehpilze, leider war der köstliche Steinpilz selten. Da Pilze, besonders in größeren Mengen, schwer verdaulich sind, gab es in dieser Hinsicht manches Problem.

Tante Gertrud, die später als Witwe des Juweliers, des Onkel Karl, Goldkettchen gegen Kartoffeln und andere Lebensmittel eintauschte, gab uns zuweilen gern davon ab. Als sie uns einmal zwei Kilo Erbspulver brachte, versuchten wir erfolglos, etwas Kuchenähnliches daraus zu machen. Es war entsetzlich.

Noch heute gehören Pellkartoffeln zu meinem Lieblingsessen, und wenn dann in heutiger Zeit Quark und Butter hinzukommen, werden sie zur lukullischen Kostbarkeit.

Ich liebe dieselbe Frau wie mein Vater

1945

Die meisten Menschen protzen gern mit dem, was sie haben. Manchmal penetrant direkt, zuweilen unterschwellig.

In der Nachkriegszeit gab es eine andere Version, man protzte mit dem, was man nicht mehr hatte, was verbrannt, verloren, geklaut worden war. Ich kannte einen Mann, der seiner „17 Meter-Segelyacht“ nachtrauerte. Eine Frau, die mir begegnete, trug in ihrer Handtasche stets ein Foto ihres „echten Spitzweg“ mit sich, den Brandbomben vernichtet hatten. Unter den Trümmern des Hauses eines Bekannten, der Uhrmacher war, mußte auch jene Uhr liegen, die ich ihm zur Reparatur überlassen hatte. Die Geschichte der Uhr: Mein Vater hatte in Ecuador eine Zementfabrik gebaut und als Präsent von jenem Staat eine goldene Armbanduhr mit eingravierter Widmung erhalten. Schade, passé. Es gibt kaum Erinnerungsstücke an meinen Vater. Halt, doch! Das Ölbild eines Malers, namens Glansdorff, das mein Vater vor dem Krieg in Belgien gekauft hatte. Das Portrait einer jungen Frau, die ein unsagbar schalkhaft-sinnliches Lächeln hat. Da starb mein Vater, als ich kaum 4 Jahre alt war und dennoch lieb(t)en wir dieselbe Frau!

Die Kunst, eine Unbarmherzigkeit komisch zu finden

1945

Die achtzehnjährige Brigitte und ihre Mutter waren ohne Wohnung. Das war in dieser Zeit gewiß keine Besonderheit. Die Wohnung, die sie mal hatten, war in Schutt und Asche gebombt. Nun besaßen sie noch zwei Koffer, in denen ihr gesamter Besitz Platz fand. Sie hatten in jenem Bauernhof Unterschlupf gefunden, der auch Endstation meiner 28-tägigen Flucht war. Eines Tages erfuhren Mutter und Tochter, daß es da eine verwandte Familie gab, die den Krieg relativ schadlos überstanden hatte. Ihr Haus, das Inventar, der Besitz waren erhalten geblieben. Das Schicksal war mit diesen Verwandten sehr gnädig umgegangen. Kein Krieg ist gerecht!

Also beschlossen die beiden, Frau Davidis nebst Tochter, jenen Glücklichen einen Besuch abzustatten. Zweifellos nicht ganz uneigennützig. Vielleicht gab es dies oder jenes, was die lieben, nunmehr enorm reichen Verwandten entbehren konnten. So fuhren sie eines Sonntags los. Es war nicht ohne Komplikationen, im Winter 1945/46 zu reisen. Die ersten 50 Kilometer fuhren sie auf einem Lastwagen, der auf Holzgasbetrieb umgestellt war. Der Besitzer des offenen Lastwagens, auf dem sich etwa zwanzig Menschen drängten, ließ sich gut bezahlen.

Am nächsten Tag kamen sie wieder zurück auf den Bauernhof. Zuerst erzählten sie von ihrer abenteuerlichen Reise, doch fragte ich bald danach, ob sich das alles denn gelohnt habe.

Da kamen ihnen die Tränen in die Augen, obgleich sie doch wahrhaftig beschenkt worden waren. Sie zeigten mir ihre Geschenke: Einen Badeanzug und drei Straußenfedern!

Es war Januar! Ich verbürge mich dafür, daß es sich genau so ereignet hatte!

Ich bemühte meine komödiantischen Fähigkeiten, um aus der makabren Sache eine Lächerlichkeit zu machen. Es war einer meiner größten mimischen Erfolge, daß ich es schaffte, Brigitte und ihre Mutter so zum Lachen zu bringen, daß sich die Tränen der Enttäuschung mit denen eines herzhaften Lachens verbanden.

Unter russischem Militärdiktat

1945

Nachdem die Russen das vorher von britischen Soldaten besetzte Terrain übernommen hatten, spielten sie sich auch als realitätsferne Antreiber auf.

Plötzlich kam der Befehl an die Bevölkerung der dörflichen Kleinstadt heraus, daß die Landarbeit (und ich war damals eine „landwirtschaftliche Hilfskraft“) um 5 Uhr morgens zu beginnen habe. Bei Mißachtung drohte Bestrafung. Es war recht skurril, denn um diese Zeit war es noch dunkel und die Bauersfrau, welcher der Hof gehörte, wußte nicht, was sie mit uns so früh morgens anstellen sollte. Und so kam sie auf die Idee, uns kurz vor 5 Uhr zu wecken: Wir sollten uns in der Scheune ein Schlaflager machen, auf dem wir bis 7 Uhr weiterpennen könnten. Sollte eine Militärkontrolle kommen, würde sie die Klingel betätigen. Neben uns lagen Mistgabel und Rechen. Wir fanden das letztlich nur „lustig“ und zu einem „Ernstfall“ kam es nicht.

Im Ort gab es nun wieder Kinovorstellungen. Einmal gab der Bürgermeister vor der Vorstellung einen Hinweis bezüglich der Schweine im Ort. Da kam ein russischer Soldat in den Saal und nahm den doch immerhin kommunistischen Bürgermeister fest. Später kam die Erklärung. Der Soldat hatte, als er eintrat, das Wort „Schweine" gehört und fühlte sich damit beschimpft.

Als mein Freund Friedmann bei einem „Bunten Abend" auf der Bühne empfahl, man solle Heringe durch die Mangel drehen, so bekomme man Flundern, bekam er Schwierigkeiten. Ein russischer Kontrolloffizier schrie ihn an, daß es in der sowjetischen Besatzungszone keinen „Mangel" gebe!

Mein Tanzlehrer-Bluff

1945 - 46

Ich tanze gern. Tanze ich gut? Meine Partnerinnen waren da unterschiedlicher Meinung. Während ich mit meiner Frau Renate in Jugoslawien eine Polka aufs Parkett legte, so daß die Balkanbewohner begeistert applaudierten, waren meine Schritte meiner späteren Freundin M. zu unkonventionell. Sie bemühte sich, mich während des Tanzens oft zu disziplinieren (sie hatte einen Kursus für Fortgeschrittene absolviert). Dennoch kam es auch bei uns vor, daß Zuschauer unsere Tanzerei für sehr gekonnt hielten. Übrigens war ich ja Tanzlehrer. Selbst ernannter. In der sowjetischen Besatzungszone, einige Monate nach der deutschen Kapitulation, schwindelte ich der Militärbehörde etwas vor von einem Maestro Swoboda, der mich ausgebildet habe. Mein Tanzlehrerdiplom sei allerdings verloren gegangen. Jedenfalls bekam ich einen Gewerbeschein als „Tanzlehrer". Wie gut, daß es keinen gab, der mich hätte prüfen können. Meine Kenntnisse stammten allein aus einem Gesellschaftstanz-Kursus, den ich kurz vor dem Krieg belegt hatte. (Ach, Marthel, geliebte (platonisch, leider!) Tanzstundenfreundin, gibt es Dich noch?).

Also rief ich in einem Dorfstädtchen, wohin es mich verschlagen hatte, zu einem „Tanzkursus“ auf und alle, die so zwischen 14 und 18 waren, kamen. Primär wollten sie die Möglichkeit nutzen, in trister Zeit etwas Spaß zu haben. Für den ganzen „Kursus“ nahm ich den mehr als bescheidenen Betrag von 30 Mark (Reichsmark!), womit ich einen alten Mann bezahlte, der Flüchtling war und im ungenügend geheizten Saal im Mantel am Klavier saß und alles, was er im Gedächtnis und in den Fingern hatte, herunter klimperte. Ab und zu fielen seine Nasentropfen auf die Tasten. Der Kursus war ein großer Erfolg. Ich wiederholte ihn und hängte „weil es so schön war“ noch einen Kinderkursus für 8 bis 12-Jährige dran... Niemand lernte bei mir Tango, den konnte ich selbst nicht. Später erzählte man mir, daß es einige Jahre danach einen anderen Tanzlehrer gab, bei dem sie zwar mehr gelernt, doch nicht halb so viel Spaß gehabt hätten.

Der Eremit mit der Ziege an der Kellerdecke

1946

Als ich, zwangsverpflichtet, mit Axt und Säge den Bäumen im Harz nicht sehr erfolgreich zu Leibe rückte, erinnerte ich mich meines Onkels Karl, des Juweliers, von dem ich wußte, daß er im Krieg in sein Holzhaus am Rande Benneckensteins retiriert war. Dieser Ort war nur wenige Kilometer von jenem entfernt, in dessen Nähe ich „holzfällerte“. Ich machte mich auf, ihn zu suchen und fand ihn in tief verschneiter Landschaft, nahe am Waldrand. Ich klingelte vergeblich, da rief ich laut und ein unrasiertes, in schäbigen Klamotten gekleidetes Hutzelmännchen stand vor mir, erkannte mich und ließ mich durch einen Hintereingang eintreten. Es war die Kellertür und hinter ihr stand eine Ziege, zu der man jedoch aufschauen mußte, denn sie stand so hoch, daß ihr Kopf fast an die Kellerdecke stieß. Später verstand ich, warum das so war. Onkel Karl hatte noch nie den Mist entfernt, sondern immer nur neues Stroh draufgeworfen, so stieg die Ziege Zentimeter um Zentimeter, und es stank enorm. Mein Onkel lebte– er war Witwer– allein im Haus, und das sah wüst aus. Er lud mich in die schmuddelige Küche ein, die bezüglich des Geruchs mit dem Kellerstall konkurrierte. Als Onkel Karl mir eine Suppe kochen wollte, lehnte ich es vehement ab. In jener Hungerzeit hieß das sehr viel! Da wir nur selten miteinander Kontakt hatten, gab es auch kaum etwas zu erzählen. Er sagte, daß er sein Juweliergeschäft aufgegeben habe, das Haus sei inzwischen von Brandbomben zerstört, und dann berichtete er noch von einer phantastischen Geschichte, wonach man ihn, als er mit dem Zug hierher in den Harz „geflüchtet" sei, von irgendeinem Flugzeug aus verfolgt habe. Er fragte mich nach meiner Tante Gertrud, der Schwester seiner verstorbenen Frau, die mich auf dem Bauernhof aufgenommen hatte. Es wäre doch schön, so meinte er, wenn sie ihm den Haushalt führen würde. Ich berichtete das meiner Tante, und tatsächlich kam es zu einer Allianz mit den beiden. Der geizige, reiche Juwelieronkel, der auf „arm" spielte und die besitzlose, naive, stets hilfreiche, sich oft aufopfernde Tante Gertrud, die zu meinem Onkel zog und dessen Eremitendasein beendete. Schließlich zog ich mit meiner damaligen Frau ebenfalls nach Benneckenstein, weil wir, weit außerhalb des Ortes, ein Wochenendhäuschen entdeckten, das man uns vermietete. Vom Hause meines Onkels waren wir in Luftlinie etwa vier Kilometer entfernt. Manchmal besuchten wir das ungleiche Onkel-Tante-Paar. Einmal halfen wir meinem Onkel, die große Wiese vor seinem Haus zu mähen, um Heu für seine Ziege zu ernten. Die Arbeit dauerte drei Tage, und am letzten Tag sagte Onkel Karl zu uns: „Ihr habt mir so schön geholfen, wofür ich Euch belohnen möchte: Jeder darf sich jetzt eine Kirsche vom Baum pflücken!" So war er!

Er war es auch, der wie ein Penner durch den Ort ging, mit einem alten Rucksack und einer schäbigen Mütze auf dem Kopf, weil er meinte, daß ihn diese Rolle tarne. Die Leute tuschelten jedoch hinter seinem Rücken: „Das ist der Gold-Mensch!"

Neben seinem Bett hing an der Stuhllehne stets eine alte Lederweste. Ich wußte, daß er in ihr einige besonders wertvolle Schmuckstücke eingenäht hatte. „Für den Fall des Falles." Gern erzählte er mir, daß ihm ein amerikanischer Offizier eine „halbe Bierflasche" mit Brillanten gestohlen habe. Diverse Gegenstände hatte er vergraben, andere an Leute „ausgeliehen". Nicht alles bekam er zurück. Schließlich wurde er krank. Der Arzt meinte, daß ihm nicht mehr zu helfen sei. So „starb" er eine Woche lang, und es war unheimlich, wenn man im Nebenzimmer sein monotones Ein- und Ausatmen hörte. Es hörte sich etwa an wie eine Dampfmaschine, die am Ende war. In dieser Zeit, meine Tante kam einmal mit ihrem Fahrrad zurück vom Einkauf im Ort, stand der sterbende Mann im Garten und machte sich an den Beeten zu schaffen. Sie war erschrocken und sagte: „Karl, Du mußt doch im Bett liegen...!" Und er ging ins Bett und „starb weiter". Der Arzt wollte die Geschichte nicht glauben, doch es war so. Einige Tage später gab es Onkel Karl nicht mehr. Meine Tante bat mich, ihr beim Aufräumen zu helfen, denn das Schlafzimmer durfte sie zu seinen Lebzeiten nicht betreten. Dort sah es unbeschreiblich aus. Ein schmaler Pfad führte von der Tür zum Bett, alles andere war von meist völlig wertlosem Krimskrams übervoll. Als meine Tante den Stall ausmistete, hatte sie plötzlich ein goldenes Collier an der Mistgabel, worauf wir den Mist etwas genauer untersuchten und noch manches Schmuckstück fanden. In einer mit Petroleum gefüllten Flasche lagen am Boden ein Dutzend Ringe. Wir buddelten eine Kiste mit Silberschalen aus und hinter der Holzverschalung der Veranda fanden wir ein Kästchen mit diversen Goldsachen, die zum großen Teil Ladenhüter des Juweliergeschäftes gewesen waren.

Meine Tante ging mit dem ganzen Zeug sehr spendabel um. Für einen Sack Kartoffeln gab sie ein goldenes Armband, für ein Pfund Kunsthonig zuweilen einen goldenen Ring.

Sie erhielt keine Rente, besaß kein Geld und lebte von ihren Präziosen. Ich denke, daß sie damit gerade auskam, bis sie starb.

Die Schmiere vor der SCHMIERE

1946

Daß ich mit meiner Frau in den Harzort Benneckenstein zog, hatte noch einen triftigen Grund außer dem, daß Onkel Karl und Tante Gertrud dort lebten. Gerd-Joachim Friedmann hatte hier die „Neue Freie Bühne“ gegründet. Da er „etwas“ Jude war, galt er als „rassisch verfolgt“, was ihm jetzt manches etwas leichter machte. Es war ein Allround-Komödiant, etwas über 50 Jahre alt, nahm mich unter seine Fittiche und ergänzte mit mir sein Ensemble. Zu dem gehörten die Schriftstellerin Sybille Schall, die vom Deutschen Theater aus Berlin kommende Schauspielerin Anja Rohé und Friedmanns Frau Mary, die früher Tänzerin war. Später gehörten noch einige jüngere Anfänger dazu.

Wir tingelten durch viele Harzorte. Die Requisiten fanden auf einem kleinen Bollerwagen Platz. Wahrhaftig, es war eine Schmiere und doch boten wir professionell-routinierte Inszenierungen an. Nachmittags spielten wir meist ein Märchen und am Abend gab es entweder das Lustspiel „Der Mustergatte“, das dank einer Verfilmung mit Rühmann sehr populär war, Einakter von Curt Goetz und Tschechow und schafften es auch, Ibsens „Nora“ anzubieten. Die Abendkasse wurde aufgeteilt. Wir waren ein prächtiges Ensemble, ein dolles Team. Viele Episoden sind mir noch in Erinnerung. Ich denke an den kleinen Ort, von dessen 270 Einwohner wohl 250 in der Vorstellung waren. Noch nie hatte dort jemals ein Theater gastiert.

Ich denke an unsere zuweilen geübte Praxis, die zu entrichtende Vergnügungssteuer, auch bei ausverkauftem Haus, verblüffend niedrig zu halten. Ich denke an die Unterkünfte auf Bauernhöfen, wo unsere Zimmer von außen abgeschlossen wurden, damit wir keine Eier oder gar Hühner klauen. Die Folge des Einschließens war, daß wir aus dem Fenster pinkeln mußten. Ich denke daran, wie uns gegen Freikarten eine Korbsitzgarnitur geliehen wurde und die Besitzerin während der Vorstellung rief: „Setzen Sie sich nicht auf die Lehne!" Ich denke an die Vorstellung im Prominentenhotel Heinrich-Heine in Schierke, wo unsere Zimmer während der Darbietung nach Waffen durchsucht wurden. Eines Tages ging ich aber ans Stadttheater in Nordhausen.

Darüber an anderer Stelle.

Die Sowjets ließen mich lesen

1946

Meine Bibliothek und die meines Bruders hatte überlebt. Onkel Hugo, der Konservative, Regierungsrat i.R., hatte in unserer Abwesenheit (er bewohnte vorübergehend unsere Wohnung) kistenweise die vielen Bände vom vierten Stockwerk in den Keller geschleppt. Mir ist nicht geheuer, daß er das geschafft hat. Als das Haus brannte, wohnte er schon wieder woanders, doch meine Tante Gertrud hatte einen Bauern mit seinem Traktor gechartert und zusammen – während das Haus brannte – holten sie die Bücherkisten aus dem Keller, luden sie auf den Anhänger und fuhren in das Evakuiertenquartier meiner Tante, wo sie lebte (und ich nach dem Krieg auch). Der Bauer hatte noch nie so viele Bücher auf einem „Haufen" gesehen und soll immer wieder staunend gesagt haben: „Diese Beuker! Diese Beuker!"

Also hatte ich Bücher und mit ihnen wollte ich aktiv werden und Geld verdienen. So entschloß ich mich, Leseabende zu arrangieren. Dafür brauchte man allerdings eine Genehmigung der sowjetischen Militäradministration. Ich ging also zu dem für kulturelle Belange zuständige Offizier. Er war recht aufgeschlossen und sprach deutsch. Um das Genehmigungspapier zu erhalten wollte ich Sympathie zeigen und meinte, daß ich gern etwas von modernen sowjetischen Autoren lesen würde, über die ich leider wenig wüßte. Da zeigte er mir eine Anthologie, ein schmales Bändchen, und als ich ihn bat, mir ein solches Exemplar zu vermitteln, erschrak er und steckte es rasch ein: „Nein, ich habe nur dies eine und das ist meins!“ Ich ließ jedoch nicht locker und fragte, wie ich an zeitgenössische sowjetische Literatur herankommen könne. Er dachte einige Zeit nach und sagte dann ernsthaft: „Wissen sie was, nehmen sie Puschkin!“ Nach einer Viertelstunde bekam ich mein Dokument mit seiner Unterschrift und einem Stempel.

Provinzklamotte... Stadttheater-Schmiere

1947

Das Stadttheater gab es in Nordhausen nicht mehr. Noch lag es in Trümmern und das Ensemble, unter der Stadttheater-Adresse, spielte behelfsmäßig in einem Saal, der dem Krieg standgehalten hatte, der „Harmonie“.

Für den Fall, daß auf der Bühne gegessen werden „mußte“, sei es Kuchen, Keks oder sonst irgend etwas, verwaltete der Inspizient ein Brot, das natürlich unter Verschluß war. Wir rangelten um Rollen, in denen man was kauen durfte.

Die Schauspieler, wie das oft nicht nur in Provinztheatern ist, wurden mit „Operettenverpflichtung“ engagiert. So spielte ich einmal einen Kellner im „Weißen Rößl“, dem simplen Erfolgsstück. Es war die früher populäre Szene, wo ein Berliner dort „Wiener Beuscherl“ bestellt und als ihm das serviert wird sagt: „Wat heßt hier 'Wiener Beuscherl'? Dat is doch Lungenhaschee!“ Ich kam mit dem Tablett auf die Bühne, auf dem Tablett stand ein Teller mit dem, was bestellt wurde: „Wiener Beuscherl“. Das war jedoch kaschiert, das heißt aus einem Gipshäufchen, etwas bräunlich angemalt. Temperamentvoll kam ich, der Kellner, auf die Szene, der Gipsgegenstand rutschte mir vom Teller und das „Wiener Beuscherl", eigentlich ein weiches Zeug, polterte laut über die Bühnenbretter. Ich hob es auf, legte es wieder dezent auf den Teller und nun sollte der Satz von dem „Berliner" kommen: „Dat is doch Lungenhaschee!" Er brachte ihn jedoch vor Prusten und Lachen nicht heraus und das Publikum tobte vor Begeisterung. Ich war der Star des Abends, allerdings nicht beim Intendanten.

Der Straßenfeger

1947

In dem Harzort, in dem ich wohnte, gab es einen alten Mann, der die Straße säuberte. Mit Besen, Schaufel und einem Schubkarren. Er schaute nicht umher, niemand sprach ihn an und er ging geruhsam seiner Tätigkeit nach. Mir war der Mensch etwas unheimlich, denn er war kein üblicher Straßenfeger, etwa einer, der nicht intelligent genug war, einer kreativen Arbeit nachzugehen. Übrigens war er auch nicht zwangsverpflichtet, er machte seinen Job freiwillig. Unauffällig, bescheiden, geduldig.

Der Mann war „Baron".

Ich weiß nicht, ob er effektiv in der Hitler-Zeit irgendeine Schuld auf sich gebürdet hatte, die er nun demütig abtragen wollte. Ich habe es nicht erfahren, welche Motive er hatte, sich vor aller Menschen Augen – sofern sie von seiner Identität wußten – zu erniedrigen. Leistete er Sühne, war er schrullig oder letztlich raffiniert?

Immer wieder machte ich mir Gedanken über den Straßenfeger-Baron.

Als ich 1953 zum ersten Male im Tessin war, stand ich mit dem Besitzer der Villa, in der ich ein Zimmer gemietet hatte, zusammen und wir schauten auf den Lago Maggiore. Auf der Straße davor, also unter uns, sahen wir einen Mann, der die Straße fegte. Mein Gastgeber sagte: „Er wird besser bezahlt als ein Volksschullehrer." Wer in so einer Landschaft die Straße fegt, hat es verdient!

Auch ich bin Straßenfeger vor meinem Haus. Das mache ich meist sonntags. Ich habe meine Gründe dafür. Auch dafür, daß ich zwar gern Fisch esse, doch möglichst nicht freitags.

Teppich gegen Radio

1948

Von seinen berufsbedingten Auslandsreisen brachte mein Vater sogenannte „echte" Teppiche mit. Einige hatten sogar die Wirren der Zeit und das Ausbomben unseres Wohnhauses überlebt. Teppiche sind manchmal eine schöne und, weil wärmend, auch eine nützliche Sache. Ich besaß drei von ihnen, doch leider kein Radio. Kaufen konnte man keins. Wir wohnten in unserer Hütte, recht abseits der „Welt" und unsere Informationen mußten wir aus einer SED-treuen Provinzzeitung beziehen. Immerhin hatten wir in unserem Minihaus Elektrizität und somit war die Voraussetzung dafür gegeben, sich um ein Radio zu kümmern.

In Nordhausen, also etwa 30 Kilometer entfernt, gab es eine offizielle Tauschbörse und so kam es, daß ich für einen sicherlich kostbaren Teppich, für den man unter normalen Umständen zehn Radios hätte bekommen müssen, ein kleines, bescheidenes, von einem Mechaniker gebasteltes Rundfunkgerät erhielt. Es gibt eben Situationen, in denen sich Werte verschieben. Es könnte sein, daß ein Glas Wasser in der Wüste kostbarer ist als ein Brillantring.

Eine „Flucht“? Nein, nur ein Ortswechsel!

1950

Nach der gefährlichsten Zeit meines Lebens, der 28-tägigen Flucht durch das Gebiet der sowjetischen Armee, konnte ich das Verlassen der DDR am 1. Mai 1950 nicht als „Flucht“ bezeichnen. An diesem Feiertag stand ich auf dem Bahnsteig der musealen Harzquerbahn in Benneckenstein und hatte die Absicht, nie wieder in diesen Ort zurückzukehren. Obgleich es per Luftlinie von hier nur zwei Kilometer bis zur Zonengrenze gewesen wären, machte ich den Umweg über Berlin. Noch war es komplikationslos, mit dem Zug dorthin zu fahren. Vielleicht hätte ich mit meinem Koffer auf dem Bahnsteig verdächtig sein können, doch zu der Zeit reisten viele Menschen mit Koffern, Kisten und Körben, um irgendwo Lebensmittel zu hamstern. Nein, das war keine Flucht. Ich fühlte auch nicht, daß die anderen wartenden Passagiere mich irgendwie mißtrauisch betrachteten. Ich beantragte auch später in Westdeutschland nie einen „Flüchtlingsausweis“. In Westberlin eingetroffen bezog ich zuerst einmal ein möbliertes Zimmer. Noch hatte ich keine Ahnung davon, was ich machen würde, kaum eine davon, was ich denn wollte.

Meine Frau und mein Sohn würden mir nachreisen, wenn ich meine endgültige Station gefunden haben würde.

Sollte ich mich als Schauspieler bewerben? Es gab sie aber in großer Zahl ohne Engagement in Berlin. Manche spielten für 20 Mark am Abend in irgendwelchen ominösen Ensembles, die wie Pilze an vielen Plätzen entstanden und ebenso wieder eingingen. So schrieb ich kurze Texte für Zeitungen, von denen einige sogar angenommen und gedruckt wurden, doch auch für sie gab es nur ein paar Mark. Es verdichtete sich immer kompakter die Idee, ein satirisches Theater zu etablieren, das DIE SCHMIERE heißen sollte. Schon begann ich, nach einem Kellerraum zu suchen, fand jedoch nichts und überhaupt kam mir diese Insel „Westberlin“ zu provisorisch vor, die Konkurrenz war auf diesem engen Raum zu groß und überhaupt...

Ich kaufte mir einen Flugschein von Berlin nach Hannover, der kürzesten und somit preiswertesten Strecke in die Bundesrepublik.

Die Theaterzeit

1950 - 1989

So begann es...

1950

Erster Tag in Frankfurt. Nie zuvor war ich in dieser Stadt, doch hatte ich den festen Plan, hier ein Theater zu gründen. Es sollte „DIE SCHMIERE“ heißen und den Untertitel „das schlechteste Theater der Welt“ tragen. „Schmiere“ nicht nur, weil es ein Jargonbegriff für ein primitives, herumziehendes Provinztheater ist, sondern auch weil es für „Schmiere-Stehen“(hebr. Smira=Wache) stehen sollte und im Ganovenjargon „Die Schmiere“ auch „Polizei“, also „Wache“, bedeutet.

Ich ging vom Hauptbahnhof die noch weitgehend in Trümmern liegende Kaiserstraße entlang, die man gerade in „Friedrich-Ebert-Straße“ umbenannt hatte, was aber bald rückgängig gemacht wurde. Ich kam in die Schillerstraße. An einem Zeitungskiosk am Platz vor der Börse erkundigte ich mich, welche Zeitungen in Frankfurt gelesen würden. Die Auskunft: „Frankfurter Rundschau“ und die Bürger eher die „Neue Presse“. Ich ging zu den Anzeigenredaktionen beider Zeitungen und gab je zwei Kleinanzeigen auf. Sie mußten billig sein, denn ich hatte wenig Geld.

„Komödiant (in) gesucht“

Das paßte in eine Zeile und der Text für das zweite Inserat ebenfalls:

„Wohnwagen gesucht“

Bei der „Rundschau“ schaute die Dame auf diesen Text, dann auf mich und entschuldigte sich kurz. Bei einer späteren Begegnung erzählte sie mir lachend, daß ihr die Anzeigen in dieser Kombination etwas eigenartig vorgekommen seien und sie Rat beim Ressortleiter eingeholt habe, ob das so „in Ordnung“ sei. Anscheinend ging es.

Bald wurde mir ein Wohnwagen, ein 7 Meter langer Bauwagen, angeboten. Ich kaufte ihn und durfte ihn erst einmal auf dem Gelände des Verkäufers stehen lassen.

Mit den „Komödianten und -innen“ war es nicht so einfach. Viele meldeten sich, denn dank der durch die Währungsreform bewirkten Theaterkrise gab es zahlreiche engagementlose Schauspieler, Clowns, Alleinunterhalter, Verwandlungskünstler, Schlagersänger, Puppenspieler und was alles noch.

Zwei Wochen lang war ich unterwegs (meist mit dem Fahrrad), um jene drei Menschen zu finden, die ich für geeignet hielt. Ein Reflektant sprang gleich ab, klaute meine Idee und machte in Kassel das „tiefste Theater der Welt“ auf, das jedoch bald einschlief.

Meine zugegeben nicht sehr durchdachte Idee war es , mit Ensemble und Wohnwagen nebst transportabler Bühne, durch die Bundesrepublik zu tingeln. Die Vorstellungen wollte ich im Freien geben. Was für eine Kateridee! Es war inzwischen September!

Kurz gesagt: Keine Vorstellung fand im Freien statt, das Geld für das Holz der von mir gebastelten Bühne war sinnlos ausgegeben. Nach vier Vorstellungen in drei Orten (Oberursel, Bad Vilbel, Bad Homburg) besaß ich noch 2,50 DM und landete in Frankfurt in einem kleinen, nicht regendichten Kellerraum nahe am Römerberg. Ich hatte meine SCHMIERE etabliert.

Im Jahr 2000 gab es sie im 50. Jahr.

„Direktor und Handzettelverteiler“

Als ich mein Theater in Frankfurt gründete, mußte ich natürlich auch eine Visitenkarte haben. Sie wies mich konsequent als das aus, was ich war: „Rudolf Rolfs, Direktor und Handzettelverteiler“. Meist verstand man die Ironie, obgleich Deutsche mit diesem Begriff große Schwierigkeiten haben. Meist verstand man, daß ich mich über den „Direktor“ mit dem „Handzettelverteiler“ lustig machen wollte. Dennoch geschah es, daß man mich als „Herr Direktor“ ansprach. Ich habe es nie auf mir sitzen lassen und verlachte diesen Titel. Gut, „Schmiere-Direktor“ ließ ich gern gelten, da dieser Begriff in sich eine lustige Paradoxie ist. Bei einer Podiumsdiskussion sagte der Gesprächsleiter über den teilnehmenden Minister, daß er der Ranghöchste auf dem Podium sei. Ich protestierte: „Na gut, er ist Minister, doch ich bin SCHMIERE-Direktor!“ Die Sympathie des Publikums war auf meiner Seite.

Von Finck bis Goethe

Durch meinen um fünf Jahre älteren Bruder war mir der kabarettistische Conferencier Werner Finck schon als Kind ein Begriff. Er schwärmte für dessen pointierte Texte. In der Hitler-Zeit bekam Finck Schwierigkeiten, obgleich seine verbalen Gags relativ harmlos waren. Diktaturen sind von immer wieder verblüffender Empfindlichkeit.

1950 begegnete ich in Berlin dem Idol meines Bruders. Ich hatte die Gelegenheit, ihn anzusprechen: „Ich will in Frankfurt am Main ein politisches Kabarett gründen. Was meinen Sie dazu?“. „Machen Sie es dennoch!“, war seine witzige Antwort allerdings nicht. So erzählte ich es aber den Frankfurter Journalisten später, die den Satz als „typisch Finck“ belachten und zitierten. An die tatsächliche Antwort Fincks erinnere ich mich nicht mehr.

Als ich dann in Frankfurt wirklich begonnen hatte, brauchte ich für eines meiner Stücke ein Goethe-Gedicht, fand jedoch trotz des riesigen Angebots keins, das mir präzise in jenen Zusammenhang passen wollte. So schrieb ich denn selbst eins und gab es als „Goethe-Spätlese“ aus.

Prekär wurde die Chose, als ein japanischer Goethe-Forscher unter meinen Besuchern war und sich von mir dieses ihm unbekannte Gedicht ausbat. Ich gab es ihm.

Ich erinnerte mich keiner weiteren Fälschungen ähnlicher Art und bitte, mich wegen dieser beiden, die schon lange verjährt sind, zu entschuldigen.

Komödiantin gesucht

Wir suchten unsere SCHMIERE-Bewerberin auf und es war wieder nichts. Waren meine Ansprüche zu überzogen? Ich brauchte für die Bühne eben keine „Kabarettistin", keine Soubrette oder die Akteurin einer „Bunten Bühne". Die Basis sollte eine schauspielerische Ausbildung sein mit dem Talent einer vielseitigen Komödiantin.

Wir waren also in München und ich erinnerte mich eines Namens: Hedi Reich. Sie war vor einiger Zeit in Frankfurt in einem Zwei-Personen-Stück aufgetreten (im damaligen „Theater am Roßmarkt" in dem Lustspiel: „Tageszeiten der Liebe") und ich war von ihr so begeistert, daß ich nach der Vorstellung sagte: „So eine Frau brauchte ich für meine SCHMIERE!" Natürlich war ich nicht so verwegen, ihr dort ein solches Angebot zu machen. Sie gastierte als „Mitglied des Bayerischen Staatstheaters". Allerdings hatte ich gehört, daß sie kurzzeitig „Kabarett gemacht" hatte. So rief ich sie denn an und sie lud uns zu sich ein nach München-Harlaching.

Ich mache es kurz: Wir verliebten uns sofort ineinander. Mein Kollege Hans war baff über die Rasanz der Entwicklung an diesem Tag. In einem Schwabinger Lokal formulierten wir einen fröhlichen Vertrag, der mit Albernheiten und amourösen Versprechungen gespickt war. Gage, Reisekosten, Kollektivanteil? Finanzielle Überlegungen spielten keine Rolle, weder für sie noch für mich. Wir hatten die ideale Besetzung gefunden und ich für drei Jahre eine bezaubernde Partnerin, mit der ich dann auch meine ersten Auslandsreisen erlebte. Kurz bevor ich eine andere Frau heiratete trennten wir uns privat, sie blieb uns jedoch zehn Jahre treu als hochtalentierte, sympathische und zuverlässige Kollegin, bis sie aus gesundheitlichen Gründen aussteigen mußte.

Vom Bauwagen-Domizil zum Haus im Wald

1950

Noch war ich der „Schmiere-Direktor"-Anfänger und wohnte standesgemäß in einem Bauwagen in Frankfurts „Gut Stubb", auf dem Römerberg, wenige Meter von meinem Keller-Theater entfernt. So mancher Besucher, der von meinem Tun angetan war, war auch Gast in dieser improvisierten Behausung. Eines Abends besuchte mich ein junger deutsch-amerikanischer Architekt und schenkte mir das Modell eines Hauses, das er für mich entworfen hatte. Leider ist es schon bald danach abhanden gekommen, denn es war ohnehin für mich utopisch und die Realisierung eines solchen Projektes nicht im Rahmen meiner Träume.

Nach drei Jahren gab ich jedoch den Wohnwagen auf und zog in Frankfurt in eine kleine Neubauwohnung. 1964 dann entstand ein Haus nach meinen Vorstellungen, 18 Kilometer südlich von Frankfurt auf einem Waldgelände. Ein junger Architekt freute sich, daß ich ihn mit der Planung und Bauaufsicht betraute, weil es für ihn etwas anderes war als das „Backen" von Standard-Einfamilienhütten. Einen Baum auf dem Haus-Areal ließ ich stehen. Die Birke stand dann mitten im Wohnraum, der Stamm wuchs durch das Dach, die Baumkrone war draußen. Alles in allem war der Fachmann überfordert und leistete sich viele Baufehler. Das Fundament war nicht isoliert, die Außenmauern zu dünn, das Dach hatte keine Entlüftung und faulte bald. Es gab einen Prozeß, der voll zu meinen Gunsten ausging. Manches wurde nachgebessert. Bald starb der Architekt, als er mit seinem Flugzeug über den Alpen abgestürzt war. Vielleicht ist er so mies geflogen wie er gebaut hat?

Mit der Erstellung des neuen Daches wurde der Architekt U. beauftragt. Wieder gab es diverse Baufehler, wieder einen Prozeß und mir wurde eine Entschädigung zugesprochen.

Die Devise meines Schwiegervaters, der Geschäftsführer des „Gesamtverbandes der gemeinnützigen Wohnungsbauunternehmen“ war, schien sich zu bewahrheiten: „Der kluge Mann (wie er) wohnt zur Miete!“. Dennoch meine ich, daß dies der Vernunft der Lebenslust widerspricht. Ich wohne – unverbesserlich – gern in meinen eigenen vier Wänden. Wenn sie auch schlecht isoliert sind, haben die Nachbarn keinen akustischen Anteil an meinem lustvollen Leben...

Was ein Maler aus meinem Kopf machte

Den Maler Gerhard Matzat habe ich sehr geschätzt. Nein, ich schätze ihn noch, gleichviel, ob er noch lebt oder nicht und habe noch Bilder von ihm, die sein großes Talent dokumentieren. Lange, bevor es „modern“ wurde, holte er sich Materialien von Schrottplätzen und schuf daraus verblüffende Kunstwerke. Die Vielseitigkeit seines Könnens stellte er mit einer aus Sandstein geschlagenen Figur eines Affen unter Beweis. Er schenkte sie mir und sie wird Jahrhunderte überleben. 1952 zeichnet er eine Karikatur meines Kopfes, die wurde für mein Theater zum Signet. Auch einige meiner Kolumnen hatten diesen Kopf als Kopf.

Stark vergrößert auf einem Plakat wirkte die Zeichnung ungemein suggestiv. Als ich mein Theater nach 40 Jahren meiner Tochter übergab, wurde die Karikatur durch eine andere ersetzt, ebenso wie meine Auffassung von Satire einer anderen wich.

Gerhard Matzat war sehr eigensinnig, so wie es mit einem Künstler nicht anders sein kann. Er heiratete in der UDSSR eine Russin, die ebenfalls malte. Der Verfassungsschutz wurde auf ihn angesetzt (vielleicht war es auch eine andere bundesdeutsche Geheimorganisation) und er aufgefordert, in der Sowjetunion Dinge zu fotografieren, die ihm interessant schienen. Natürlich lehnte er das ab.

Matzat hatte Witz. Er erzählte mir, daß ihm der Zutritt zum Restaurant „Hahnhof" in Frankfurt verweigert worden war, weil er keine Krawatte trug. Er bat mich, Zeuge seines Ulks zu sein. Er bastelte sich eine Krawatte aus Gurkenschalen, durfte das Lokal also betreten und verspeiste dann mit Messer und Gabel diesen Teil seiner Kleidung. Ich sah, wie fassungs- und hilflos blöd der Geschäftsführer des Lokals den Vorgang übersehen wollte.

Mein Mit- und Gegenmensch Regnauld

1950 - 1989

Bei meinem Bemühen, mir in Frankfurt ein Ensemble für das Theater, das ich gründen wollte, zusammenzubauen, wurde mir auch der Name Regnauld Seiffarth genannt. Es hieß, er sei schon als „Musikal-Clown" aufgetreten. Genau, ein Musiker fehlte mir eben noch. Ich fand ihn, wir trafen uns dann mehrmals, ihm gefielen meine Pläne, doch zum Mitmachen konnte er sich nicht entschließen. Er war Volkswirt und sein Vater bestand darauf, daß er einen „seriösen" Beruf ausübe. Für meine drei ersten Premieren hatte ich drei verschiedene Musiker nacheinander. Jedoch lief DIE SCHMIERE bereits wie „geschmiert" und Regnauld war in jeder Premiere, sah, wie rasant die Sache erfolgreich wurde, und entschloß sich nun, bei mir einzusteigen. Allerdings gab es noch ein Hindernis: Sein Vater wollte, daß er keinesfalls unter seinem bürgerlichen Namen auftrete. Das Talent zum Komiker in ihm erkennend gab ich ihm dann den Namen „Nonsens". Er nahm ihn spontan an und bald verinnerlichte er ihn so, daß er skeptisch, ja ärgerlich wurde, wenn alte Bekannte ihn mit seinem Personalausweis-Namen ansprachen.

Er, der dem Publikum weithin als der „typische Frankfurter" galt, war gebürtiger Elsässer, Straßburger, und wenn jemand erlebte, wenn Regnauld mit seiner Cousine parlierte, verstand er nicht, daß aus seinem Mund des „Ur-Frankfurters" dickes Elsässisch herausquoll.

Übrigens wurde in diesem „Frankfurter Theater" wenig Dialekt gesprochen, denn nur jeder dritte Besucher war aus Frankfurt. Der Dialekt beschränkte sich auf zwei von mir geschaffene Bühnentypen: Herr Huber (Nonsens) und Herr Haber (Ewald). Nachdem Ewald nach Amerika auswanderte, änderte ich diesen Dialektdoppelpart in „Babba" und die naseweise Tochter „Trudchen" die im Laufe der Jahre von vielen jungen Kolleginnen personifiziert wurde.

In den letzten zehn Jahren gab es dann kein Programm ohne Dialoge Nonsens/Rolfs. Er verkörperte den simpel denkenden Spießer, ich den sich sehr pfiffig dünkenden Klugscheißer, eine vom Publikum geliebte Kombination mit der manipulierten Absicht, den Leuten auf unterhaltsame Art meine weltanschaulichen Ansichten nahezubringen.

Da ich die Subventionierung meines Theaters, gleichviel von welcher Seite, ablehnte und dennoch die niedrigsten Eintrittspreise aller deutschen Theater forderte, mußte ich, obgleich unsere Vorstellungen meist ausverkauft waren, äußerst rationell kalkulieren. So „machte" ich vor der Vorstellung den Platzanweiser, was allerdings den psychologischen Nutzeffekt hatte, daß ich mit dem Publikum schon in Kontakt kam, bevor sich der Vorhang (ein Stück Pappe mit der Aufschrift „Vorhang") hob. An der Kasse saß der Publikumsliebling Nonsens. Somit waren schon zwei „Planstellen" eingespart. Zuverlässigkeit war überlebensnotwendig und selbstverständlich. Da waren wir uns einig. Charakterlich, körperlich und im Temperament waren wir grundverschieden.

Ein Thema war fast tabu: Nonsens war viele, viele Jahre in der Samstag-Fernsehsendung „Der Blaue Bock" aufgetreten. Sein Gesicht war somit überall im Lande bekannt. Wurde er auf der Straße oder im Lokal daraufhin angesprochen, war er ebenso verärgert wie er irritiert war, wenn man ihn nicht

„feststellte". Schlimm konnte es werden, wenn er an der SCHMIERE-Kasse (und das geschah leider oft) gefragt wurde: „Wie können Sie das Auftreten im „Blauen Bock" mit dem hier in der SCHMIERE vereinbaren?" Sicherlich war es nicht nur die Häufigkeit dieser Frage, sondern auch eine Nuance schlechten Gewissens, wenn er allergisch, oft unbeherrscht reagierte. Es konnte geschehen, daß er rausblaffte. „Warum gucken Sie sich denn solche Scheiße im Fernsehen an?!" Besser war es, wenn man – hinter seinem Rücken – mich fragte. Dann wiegelte ich ab: „Es ist seine Jugendsünde!" Ich fand diese primitive Samstagnachmittagsendung mit dem penetranten Heinz Schenk widerlich, erinnerte sie mich an „Bunte Abende" von „KdF" mit dem Kotau vor der Prominenz und dem Degradieren des Publikums zur passiv anonymen Masse. Nie war Nonsens in meinem Theater so farblos wie in dieser Fernsehsendung für Spießbürger. Daß die Fernsehleute seinen aparten Vornamen „Regnauld" zu „Reno" verblödeten war die Spitze der Peinlichkeit.

Kurt Halbritter, das Genie, welches DIE SCHMIERE begleitete

Ab 1951

Er war der junge Karikaturist eines Nachrichtenmagazins, das gerade pleite gemacht hatte: Kurt Halbritter. Er kam direkt von jener Redaktion, die ihm, dem Karikaturisten, den Laufpaß gegeben hatte, und sagte mir: „Ich möchte für Sie zeichnen. Ich will dafür nichts haben." Dabei blieb es, sogar noch, als er sich schon lange einen großen Namen gemacht hatte und eines Tages im Ausland, viel zu früh, starb. Mehr als ein Dutzend Bücher wurden von ihm veröffentlicht und viele, zu denen ich mich ebenfalls zähle, hielten ihn für den mit Abstand talentiertesten karikaturistischen Zeichner. In alle seine Bücher, die er mir schenkte, zeichnete er eine Widmung, sorgsam bewahre ich sie. Er zeichnete für mich Plakate, Buchillustrationen, gestaltete die Programmzettel mit und schmückte den Theaterraum mit Fresken, die man heute noch sehen kann und die von der Stadt Frankfurt unter Denkmalschutz gestellt wurden, da das Karmeliterkloster ein städtisches Gebäude ist.

Seine sarkastischen Zeichnungen von Physiognomien sind unübertrefflich. Ich konnte ihm zuweilen während seiner Arbeit über die Schulter gucken. Es war faszinierend, zu sehen, wie er nur nachzeichnete, was vor seinem inneren Auge präsent war. Die Striche lagen so sicher auf dem Papier, daß ich denke, Halbritter besaß gar keinen Radiergummi. Als ich 1953 meinen Wohnwagen verließ und in eine „richtige" Wohnung in Frankfurt einzog, schenkte er mir zum Einstand die Parodie eines „Elfenreigens", den er „Zwölfen-Reigen" nannte und der noch heute in meinem Schlafzimmer hängt.

Eigentlich gehörte er zum Ensemble. Einige Male reiste er bei Auslandsgastspielen mit. In Österreich lernte er dabei auch seine zweite Frau kennen, das „Kracherl", die sich bemühte, seinen Nachlaß öffentlich zu machen.

Kurt Halbritter lebt in seinen Bildern weiter, seinen unübertroffenen Figuren, die zu Tausenden Zeugnis ablegen von seiner Einmaligkeit.

Spektakel an Frankfurts „Hauptwache"

Zentrum Frankfurts ist die „Hauptwache". Hier ist immer Betrieb und deshalb ein für mich immer wieder begehrter Ort für Aktionen. Einmal stand ich dort mit einem Kofferradio, aus dem Musik klang. Ein Passant beschwerte sich und verlangte von mir, den Apparat leiser zu stellen. Nun wurde ich lauter als die Musik, frech ausfallend, aggressiv. Es gab ein wüstes gegenseitiges Geschimpfe, es gab Beleidigungen. Passanten mischten sich ein. Meist richteten sie sich gegen mich. Ich schrie, daß ich meinen Anwalt einschalten würde. Der „Kontrahent" gab mir heftig contra. So ging es ein paar Minuten lang, bis ich an die Umstehenden Visitenkarten verteilte mit der Bitte, mir als Zeugen zur Verfügung zu stehen. Mein Gegenpart war im gleichen Sinne aktiv. Die Leute erfuhren bald, daß alles nur inszeniert war und es sich bei meinem Gegner um den Mitspieler Regnauld Nonsens handelte. Auf der Rückseite unserer Visitenkarte stand:

„So sieht es oft aus,

wenn zwei Meinungen aufeinanderstoßen.

Haben Sie schon eine Meinung?

Wenn nicht, so gehen Sie heute abend einmal in

DIE SCHMIERE, das schlechteste Theater der Welt"

Es war Straßentheater, als es den Begriff noch nicht gab, ein „Happening", bevor es dieses Wort gab.

Meine erste Rede

Es war 1955

Im Gewerkschaftshaus in Frankfurt hielt ich meine erste Rede. Aufgefordert hatte mich der Verband der Kriegsdienstverweigerer. Mein aktiver Pazifismus hatte sich herumgesprochen, schließlich agitierte ich für ihn seit Jahren von meiner Bühne herunter. Anlaß der Veranstaltung war die Absicht der christpolitischen Adenauer-Regierung, den männlichen Jahrgang 1922 als Kader für eine im Aufbau befindliche „Bundeswehr" einzuziehen.

Ich war empört und leidenschaftlich sprach ich mich gegen diesen Plan aus. Mich überraschte der starke Beifall, mit dem meine Sätze quittiert wurden. Ich entdeckte, daß ich das Talent für agitatorische Reden hatte. Sicherlich war es nicht nur meine konsequente Ablehnung gegen die empörenden Wiederbewaffnungs-Maßnahmen der Bundesregierung, welche aus dem Munde eines ehemaligen Hitlersoldaten, der mit viel Glück den Krieg überstanden hatte, besonders überzeugt und überzeugend waren, sondern auch die Fähigkeit eines langjährigen Theatermannes, der mit Publikum umzugehen wußte.

Sicherlich unterschied ich mich von manchen Rednern auch dadurch, daß ich keinesfalls langweilen wollte und meine Gedanken unkonventionell formulierte.

An diesem Abend wußte ich, daß diese erste Rede , die ich hielt, gewiß nicht die letzte meines Lebens sein würde.

Er brachte die Deutschen nach Riccione

1953

Mein Freund Gerhard Hüther war der deutsche Agent für Riccione und für unzählige Touristen der Kontaktmann, denen er die Brücke nach Italien schlug. Zu ihnen gehörte auch ich.

Er hatte eine Bühnenkarriere hinter sich, und so reizte es ihn, für DIE SCHMIERE nicht nur in Riccione ein Gastspiel zu arrangieren, sondern auch im „Teatro del Ridotto" in Venedig, nahe am Marcusplatz. Es war ein prickelndes Gefühl, in dieser weltberühmten Stadt, dem Treffpunkt für Touristen aus aller Welt, zusehen, daß unser Gastspiel auf den schmalen Plakaten, wie sie in der engen Stadt üblich waren, angekündigt war, in Deutsch, teils in Italienisch gedruckt und auf jedem Plakat klebte die Gebührenmarke des Fiskus. Um 21.00 Uhr sollte die Vorstellung beginnen, bis dahin waren nur 20 Besucher gekommen. Doch klärte man uns auf, daß wir ohnehin nicht vor 22.00 Uhr beginnen könnten. Und tatsächlich war dann der Theaterraum gefüllt. Da die Garderoben für die raschen Umzüge zu weit von der Bühne entfernt lagen, mußten wir die Wechsel gleich hinter der Kulisse erledigen. Den obligaten Feuerwehrmann, der dort Wache hielt, brachte es in arge Verlegenheit, wenn sich unsere Kollegin Hedi Reich vor seinen Augen umkleidete. Ungemein irritierend war für uns ein riesiger Spiegel im Rücken des Publikums, in dem wir uns während der ganzen Vorstellung agieren sahen. In der Pause beobachteten wir, daß eine heftige Debatte zwischen unserem Manager Gerhard Hüther und einem Polizeioffizier lief. Später erfuhren wir, daß über die Aufführungsgenehmigung palavert worden war. Nach zwei Wochen erhielten wir denn auch die Nachricht, daß die Vorstellung, die vor vierzehn Tagen stattgefunden hatte, nunmehr endgültig nicht genehmigt werden würde. In der venezianischen Tageszeitung hatten wir einen mehrspaltigen Artikel. Da standen hübsche Unwahrheiten drin. So schrieb man, daß die SCHMIERE-Komödiantin Hedi Reich stets einen lebenden Affen als Talisman mit sich führe. Es handelte sich um einen gammeligen Teddy-Bär namens Ibrahim aus ihrer Kindheit. Es war auch erwähnt, daß wir sozusagen eine Ehe zu viert führen würden, was ganz bestimmt erfunden war.

Es kam zu einem einzigartigen Archiv

In den frühen 50er Jahren ging ein junger Mann in die SCHMIERE. Es war seine erste Begegnung mit dem politischen Kabarett. Viele Besuche bei anderen, ähnlichen Kleinbühnen folgten und er begann, alles zu sammeln, was er an Drucksachen und Texten von ihnen erhaschen konnte. So entstand das „Deutsche Kabarett-Archiv“ des Reinhard Hippen in Mainz, das nicht seinesgleichen auf der Welt hat.

Eines Tages, in den 70ern, kam Hippen zu mir und klagte mir sein Leid, daß er in Mainz, seinem Standort, von der Behörde weitgehend ignoriert werde und seine Sammlung einen Umfang angenommen habe, den er allein nicht bewältigen könne. Also wollte ich ihm helfen, sein Archiv aus dem provinziellen Mainz ins weltstädtische Frankfurt zu verlagern. Hilmar Hoffmann, der seinerzeitige Kulturdezernent war von der Idee angetan. Wir machten konkrete Pläne. Ich hätte es gut gefunden, wenn Teile des Karmeliterklosters hierfür zur Verfügung gestellt würden. Das Stadtarchiv sowie eine Außenstelle des Bundesarchivs waren dort bereits ansässig. Daß es dort auch gleich die satirische „Praxis“ in

Form meines seit 1950 florierenden Theaters gab, hätte zusätzlich Sinn gegeben. Doch es kam ganz anders.

Frankfurter Beamte leisteten sich eine komplette Dämlichkeit. Bevor sie das Kabarett-Archiv in Mainz begutachteten, gingen sie zum Rathaus und erzählten dort naiv wichtigtuerisch, daß sie die Absicht hätten, das Archiv nach Frankfurt zu holen. Damit war die Sache „gestorben". Mainz war sogleich bereit, dem Reinhard Hippen alle Wünsche zu erfüllen, damit er am Ort bleibe. Nun war der Rhein für ihn plötzlich attraktiver als der Main.

In Neu-Dehli staunte man über den Vorhang aus Pappe

Als mich 1958 der englische Verleger John Calder bat, für sein „International Theatre Annual" einen Artikel über die Satire in der Bundesrepublik und mein Theater DIE SCHMIERE im besonderen zu schreiben, empfand ich das als nicht ungewöhnlich. London liegt nicht gar zu weit von Frankfurt entfernt. Skurriler war es schon, daß ich von einem Mann namens „Inder Das" aufgefordert wurde, für eine internationale Theaterausstellung in Neu Delhi Material zu schicken, Programme, Fotos, Plakate. Das tat ich natürlich und bekam nach einiger Zeit den Ausstellungs-Katalog übersandt. Da sah ich, daß es nur eine Bühne der Bundesrepublik war, die dort ausstellte, und das war die SCHMIERE; aus der DDR war es das Brecht-Ensemble.

In dem Katalog war alles fein aufgelistet, jedes Ausstellungsstück war pedantisch vermerkt, von der Eintrittskarte über den Handzettel bis zum Sitzplan. Das war sehr komisch, denn – bei allem mir unterstellten Hang zum Größenwahn – als repräsentativ für die bundesdeutsche Theaterszene betrachtete ich meine SCHMIERE nun ganz gewiß nicht, wenngleich das für den Begriff „das schlechteste Theater der Welt" schon hätte beansprucht werden können.

Als der Initiator der Ausstellung, Inder Das, mich in Deutschland besuchte, war er überrascht, daß es außer meiner Mini-Bühne noch weitere Theater gab.

Die tote Ratte in der Limonadenflasche

Meine 18. Uraufführung in der SCHMIERE

Premiere am 1. Mai 1958· Beginn 23.59 Uhr

Walpurgisnacht

Ein politisches „Grand Guignol"

Viele hundertmal erschreckte, schockierte, begeisterte, verwirrte Besucher dieses Stück.

Herr Schwab-Felisch von der FAZ: „Nein, hier hat sich einer abreagiert und im Grunde immer nur vor sich hingebrabbelt, daß die Welt zum Kotzen sei...

Wären wenigstens die Texte gut formuliert, die einzelnen Nummern durchdacht...

Als „Die tote Ratte" zehn Jahre lang lief, kam noch einmal ein Kritiker von der FAZ und schrieb dann: „Die Wirklichkeit selbst gibt Rolfs, dem ständig humorlose Schwarzseherei angekreidet wird, nachträglich recht.

Er nimmt das Schreckliche ernst. Die Bildhaftigkeit hebt die Information auf eine bei Kabaretts sonst nicht durchgehaltene Ebene..." (FAZ)

Ein belgischer Maler, der mit mir lebt

1959 war es, da gastierte ich mit meinem Theater in Belgien. Gent und Antwerpen waren die Orte, in denen wir auftraten. Es war ein großer Erfolg. Ganz davon abgesehen, daß wir noch in Frankfurt waren, als ich schon ein Telegramm bekam: Alle Vorstellungen ausverkauft!

In Gent wurden wir von einem Stadtrat empfangen, der uns nicht nur zum Mittagessen einlud, sondern auch vor einige berühmte Gemälde seiner flämischen Landsleute führte. Er hatte den Wunsch, uns nach diesen Meistern auch einen jungen flämischen Maler zu zeigen. Wir wurden in ein kleines weißes Haus geführt und lernten Jef Wauters kennen. Diese Begegnung wurde zu einer über Jahrzehnte währenden persönlichen Freundschaft. Wir anerkannten gegenseitig unsere Talente. In seinem Haus fiel in der ersten Minute mein Blick auf sein Bild „Kindje in de Zoon". Es war Liebe auf den ersten Blick. Dieses Bild mußte ich haben. Ich kaufte es und nahm es mit nach Frankfurt. Wir vereinbarten außerdem eine Ausstellung seiner Bilder während einer Spielpause im Dezember. Die Sache wurde realisiert. Wauters war mit der Währung nicht vertraut, weshalb wir an jeden Preis, den er angab, noch eine Null anhängen mußten. Die Ausstellung wurde kein Erfolg. Nur ein Bild wurde verkauft. Das freute den Galeristen aus Gent, der mitgereist war, denn gerade hatte „sein Mann" in Belgien eine tolle Reklame gehabt. Die junge Frau des Schahs von Persien, Farah Dibah, hatte in Paris studiert, kannte Wauters und schenkte ihrem Bräutigam zur Hochzeit zwei Bilder von ihm. Das wurde publik, eine Illustrierte brachte eine Reportage „Jef Wauters und der Schah". Gleichzeitig machte er eine Ausstellung in Paris mit dem Maler Buffet, der up to date war und ein Sektfabrikant kaufte ihm alle Bilder dieser Ausstellung ab! Jef Wauters war urplötzlich JEF WAUTERS!!, hatte ein Atelier in Rom, eins in Paris und in Gent natürlich. Bei seiner Ausstellung ein Jahr später, in München gingen die Bilder weg wie „frische Brötchen" und Deutschlands populärstes Revolverblatt schrieb:

„Wer es sich leisten kann, kauft echte Wauters!" Einige Male noch besuchten wir uns gegenseitig, luden uns zu Premieren und Vernissagen ein, doch zu der von uns beiden anvisierten Gourmet-Reise durch Burgund kam es leider nicht mehr.

Zwei Überfallkommandos gegen einen SCHMIERE-Direktor

1960

Mein Theater war nun zehn Jahre alt. Für eine private, nicht subventionierte Kleinbühne mit fleißigem Spielplan eine bemerkenswerte Leistung. Im Zentrum der Stadt Frankfurt, an der „Hauptwache", stellte ich mich auf eine Leiter und tat lauthals das Theater-Jubiläum kund. Bei dieser Gelegenheit stellte ich auch meinen zweiten Roman „Die Hand des Josef König" vor, der an diesem Tage „Premiere" hatte.

Nicht lange konnte ich unbehelligt agieren, denn verblüffend rasch rückten mit Blaulicht und „Tatütata!" zwei Polizeitrupps an und wollten mich festnehmen. Die Anwesenheit von einigen Pressefotografen und einem Aufnahmeteam der Kino-Wochenschau „Blick in die Welt" mäßigte die Aktion der Obrigkeit. Ich hatte nicht nur bundesweit eine saftige Reklame. So überschrieben die „Ruhrnachrichten" einen dreispaltigen Artikel mit „Peinlicher Mißgriff der Frankfurter Polizei": „Als ob es darum ging, eine schwerbewaffnete Räuberbande zu jagen, erschien die Polizei gleich mit zwei Überfallkommandos, als ob es für „DIE SCHMIERE" bestellt wäre. War es aber nicht..."

Der Wochenschaubeitrag lief übrigens auch in der damaligen DDR. Derartige Spektakel waren immer wieder erforderlich, da der kleine Theaterraum nur 120 Besucher faßte und Inserate oder Plakate sich finanziell nicht amortisieren konnten.

Aus meinem Theater geplaudert

Mein Kollege Nonsens und ich waren auf der Bühne hervorragend eingespielt. Das war nicht so sehr erstaunlich, denn Jahrzehnte haben wir miteinander agiert. Bei heiteren Szenen, in denen man sich nicht korrekt an den von mir vorgegebenen Text halten mußte, konnte es sein, daß unsere Spiellaune, wenn die Zeit es erlaubte und das Publikum Spaß daran zu haben schien, uns zu vielen Extempores animierte.

Klaus Budzinski sah das in seinem 1966 erschienen Taschenbuch „Die öffentlichen Spaßmacher – Kabarett in der Ära Adenauer" so:

„Das wirklich Faszinierende, das, was DIE SCHMIERE auch zu einem ästhetischen Genuß von hohen Graden macht, ist das Zusammenspiel von Nonsens und Rolfs. Hier der drahtige Kohlhaas, dessen Bockigkeit von seinem Mutterwitz dem daraus resultierenden widerborstigen Charme davor bewahrt wird, strapaziös und uninteressant zu werden – dort der anpassungswillige Bürger, der liebenswürdige Frankfurter Dialektraunzer, und beide in clownhafter Überwirklichkeit mit ihren eigenen Typen spielend, sie brechtisch demonstrierend. Daß sich der Deutsche Film dieses Paar niemals vor die Kamera gezogen hat, spricht ihm allein schon jede Zurechnungsfähigkeit. Vom Fernsehen nicht zu reden, das schon bei der Nennung des Namens SCHMIERE unwillige zusammenzuckt..."

Während ich am Eingang allabendlich, als Hausherr, die Besucher als Gäste begrüßte und ihnen auch die Plätze zeigte, war mein Kollege bis zu Beginn der Vorstellung der „Kassierer". Zuverlässig war er alltäglich lange vor der eigentlichen Kassenöffnungszeit im Theater. Eines Abends war das nicht so. Es war sehr ungewöhnlich. Ich vertrat ihn und wartete auf eine Information. Ich rief seine Freundin an, welche auch verunsichert war, da sie noch vor kurzem zusammengewesen seien. Da, eine Stunde vor der Vorstellung, rief Nonsens an: „Du Rolf, ich bin hier im Krankenhaus. Vorhin bin ich vom

Trittbrett der Straßenbahn gefallen und mußte am Kopf genäht werden. Ich bin aber zur Vorstellung rechtzeitig da!"

Gefilmt wurde auch...

1963

Der Direktor der Bavaria-Filmgesellschaft (seine Frau Ilse war Chefin der Gloria-Film-Gesellschaft) war ein Freund meines Theaters. So fragte er mich eines Tages, ob er mal Probeaufnahmen von meiner Frau Renate und meinem Kollegen Regnauld Nonsens machen solle. Beide waren damit einverstanden, fuhren nach München zu diesem Zweck, und dann kam Kubaschewski nach Frankfurt und zeigte uns die Probeaufnahmen in einem kleinen Kino, das ihm zu diesem Zweck zur Verfügung stand. In dem Streifen mit Renate war sie hübsch anzusehen, vielleicht etwas statuarisch, doch es waren ja Probeaufnahmen. Die Aufnahmen von Nonsens waren entsetzlich und ich denke, daß er das selbst so empfand. Die Erklärung war einfach. Er brauchte die Sicherheit „seiner" gewohnten Bühne, und er brauchte ebenso die Gewohnheit meiner freundschaftlichen Regie. Was man da mit ihm in München angestellt hatte, war unbeschreiblich!

Renate bekam dann auch zwei hübsche Filmrollen und Kubaschewski ließ für sie spektakulär die Werbetrommel rühren.

So ereignete sich dies:

Wir machten eine Reise in den Norden Finnlands, und als wir in Kemijärvi waren, stand ein einsamer Zeitungskiosk herum und ausgehängt war eine deutsche Illustrierte, auf deren Titelbild Renate mit unserer 5-jährigen Tochter Susanne zu sehen war. Die Kioskbesitzerin erkannte sie sofort und war von diesem Zufall begeistert.

Der Mann bei Hitlers Leiche

1945 - 1965 - 1974

Ja, Lew Beszyminski war nicht nur Redakteur bei der in vielen Sprachen erscheinenden sowjetischen Zeitschrift „Neue Zeit", er hatte als junger Leutnant 1945 auch noch eine besondere Aufgabe: Er war zugegen bei der Identifizierung von Hitlers Leiche, worüber er auch ein Buch veröffentlichte. Später war er mehrmalig Besucher meines Theaters und einmal, nach der Vorstellung, unterhielten wir uns in einem Lokal. Meine Frau Renate fing plötzlich an, über Leo Trotzki zu sprechen, was er als Fauxpas wertete und worauf er ungestüm heftig reagierte, ihr das Wort abschnitt und meinte, daß er jetzt besser gehen wolle...

Noch einmal erlebte ich ihn so in Rage. Während der Buchmesse stellte ich dem jüdischen Autor Alexander Drozdzynski meinen Theaterraum zur Verfügung, um sein Buch „Der politische Witz im Ostblock" vorzustellen. Beszyminsky kam hinzu, hörte ein paar Minuten auf das, was der Autor aus seinem Buch las, und stellte mich dann schroff zur Rede: „Rolfs, wie können Sie das zulassen! Was der Mann da vorliest, sind doch alles alte Kamellen..."

Ich antwortete mit Rosa Luxemburgs Ansicht: „Demokratie ist in erster Linie Freiheit für Andersdenkende." Dieser Mann, der die Bundesrepublik so gut kannte, auch einige Male bei Höfers Frühschoppen im Fernsehen war, zeigte sich recht festgefahren in seiner Ideologie. Wir trafen uns nie wieder, was ich bedauerte, denn eigentlich war er ein kluger, netter Mensch.

Das konstruktive „Pfui!“

Meine Programmtitel, die auf den Arglosen allgemein nur komisch wirkten und nicht vermuten ließen, daß den Besucher kompromißlose politische Satire erwartete, lockten natürlich viele politische Gegner in mein Theater. Ich mußte also auch mit Protest rechnen, und das tat ich gern. Zuweilen ließ ein Besucher seine Gegnerschaft mit einem Pfiff erkennen! Für jeden Pfiff war ich letztlich dankbar, denn dann begannen manche von denen, die bis dahin applaudiert hatten, aufzupassen.

Gewiß brauchte ich ein paar Jahre, bis ich kapierte, daß letztlich die „falschen“ Besucher auch die „richtigen“ sein können.

Bei Zwischenrufen habe ich meist eine Antwort gewußt, und da ich nicht nur die Routine hatte, sondern auch noch im Licht stand, waren meine Reaktionen selten dürftiger als die Proteste. (Ein Bundestagsabgeordneter– Walter Picard– lehnte es einmal ab, mit mir öffentlich zu diskutieren, da ich ein „Profi“ sei.)

Immer wieder sei beteuert, daß selten eine Mehrheit im Publikum konkret meiner Meinung war. Schriftliche Umfragen, die ich in großem Umfange machte, so daß sie als repräsentativ gelten konnten, ergaben, daß sich nur 30 % der Besucher mit unseren weltanschaulichen Tendenzen solidarisch fühlten, doch – und das war der beabsichtigte Effekt – fast 90% es nicht ausschlossen, mein Theater wieder aufzusuchen.

Applaus allein ändert nichts!

Vielen Besuchern meines Theaters war es dort zu unbequem und das nicht nur wegen der Enge in den Reihen harter Stuhlplätze (wenn man nicht das Glück hatte – oder den Mut – die beiden Sofareihen ganz vorn zu frequentieren). So sehr ich mich bemühte, die Gäste am Eingang charmant zu begrüßen, so unerbittlich – oft uncharmant deutlich – war ich in vielen

Texten, die von der Bühne herunter kamen. Wenn ich schon die Leute mit originell-skurrilen Programmtiteln lockte („Wer pinkelt durchs Schlüsselloch?“, „Herr Kortikum ißt seine Suppe nur mit einem rostfreien Messer“, “Warum hustet der Wurm?“), war es logisch, daß unter denen, die so geködert wurden, viele weltanschauliche Gegner waren. Ein „Agitator“, der sich Mitläufern präsentierte, ist eine Witzfigur. Es bedurfte psychologischer Geschicklichkeit, auch denen, die mich politisch ablehnten, den Abend nicht als einen „verlorenen“ erscheinen zu lassen. Ich denke, daß mir das weithin glückte, was durch das Resultat einer umfangreichen, recht repräsentativen schriftlichen Umfrage beim Publikum bestätigt wurde: So bekannten sich nur 1930 Besucher zu unserer Tendenz, während 7833 erklärten, „bestimmt wiederzukommen“... Während 3289 erklärten „Nie“ oder nur „Zuweilen“ unserer Meinung zu sein, hielten uns wahrhaftig nur 172 für „überflüssig“ oder „schädlich“.

Sehr interessant die Antworten auf die Frage: „Sollte 'DIE SCHMIERE', um Fernsehsendungen machen zu können, einige Texte streichen”?

8644: „keinesfalls”

1192: „vielleicht“

758: „warum nicht“

510: „ja“

Mit den Füßen für die Demokratie?

Stets sah ich die Demokratie als eine für den Bürger unbequeme Staatsform an. Die Mehrheit der Bevölkerung sieht das zweifelsohne anders, indem sie meint, es wäre damit getan, keine Wahl zu versäumen, um die „Stimme“ loszuwerden. Selbstverständlich „wähle“ ich auch, doch verschenke ich meine Stimme nicht, sondern verleihe sie nur für den Tag des Votums. Da ich an der Aufstellung der Kandidaten, die zur Wahl gestellt werden, nie beteiligt bin und es ohnehin keine

Partei gibt, die meinen Ambitionen vollauf entspricht, muß ich mich zuweilen anders bemerkbar machen. Das sichtbarste Mittel dafür ist die Demonstration. So war ich denn aktiv bei vielen Kampagnen für „Demokratie und Abrüstung", demonstrierte für die Kriegsdienstverweigerer, gegen die Notstandsgesetze, für die Presse-Freiheit z.B. zur Zeit die „Spiegel-Affäre", gegen den Besuch des persischen Schahs und gegen die rüden Polizeipraktiken, die im Mord des Studenten Ohnesorg gipfelten. Ich demonstrierte für das Asylrecht, gegen die Aufstellung von Pershing-Raketen durch die US-Besatzungsmacht, gegen eine Luftwaffenpräsentation auf dem Frankfurter Römerberg, gegen den Krieg in Vietnam, gegen Atomwaffen allgemein und noch manches andere.

Bei diversen Kundgebungen hielt ich engagierte Reden, um meine Anliegen nicht auf simple Transparent-Sprüche beschränken zu müssen. Nein, ich gehörte nicht zu den „vorwiegend jungen Leuten", wie Journalisten gern die Bedeutung solcher Aktivitäten herabspielen wollten. Hielt ich als aktivierender Staatsbürger,eine Rede, wollten manche Reporter sie damit bagatellisieren, indem sie schrieben: „...der Kabarettist Rudolf Rolfs". Obgleich ich mich nie so bezeichnete und meine Ansprachen keine Belanglosigkeiten waren. Tatsächlich kam es vor, daß Menschen meines Alters es oft nicht verstanden, warum ich (diversen älteren Demonstranten ging es nicht anders) mir nicht „zu schade" sei, um da auf der Straße zu „spektakeln". Doch konnte ich gar nicht anders handeln. Nicht nur aus persönlichem Verantwortungsgefühl heraus, sondern auch weil ich in meinem Theater meine Besucher allabendlich in den Vorstellungen, zumindest indirekt, zu politischer Aktivität aufforderte.

Ich habe eine Abscheu vor jenen Agitatoren, welche ich mit dem Satz persiflierte: „Los Leute, auf die Barrikaden, ich selbst muß leider ins Büro!"

Agitation, als „Unterhaltung" getarnt

Ohne triftigen Grund machte ich mit meinem Theater keine Gastspiele. Besucher hatte ich in unserem Kellerraum ohnehin stets genug. Jene Kritiker jedoch irrten, welche behaupteten, daß sich in meiner SCHMIERE dank des politischen Engagements nur Gleichgesinnte träfen. Wenn einmal in der FAZ stand: „Die jungen Leute treffen sich in der SCHMIERE, um in Ermangelung einer „Kraus'schen 'Fackel' von Rolfs die politischen Marschbefehle entgegenzunehmen", so war das maßlos übertrieben.

Nein, Agitation vor Mitläufern ist Unsinn. Mir gelang es stets, die hohen Aufführungsziffern beweisen es auch, an die „arglosen" Besucher heranzukommen. Dies zuerst einmal durch den provozierenden Untertitel „Das schlechteste Theater der Welt", dann durch die Skurrilität des Theaterraums mit seinem „originellen" Interieurs, den vielen verschiedenen Stühlen, den alten Sofas, dem kleinen Pappvorhang vor der Bühne und den echten Spinnweben an der Decke. Dies alles sprach sich herum, oft mehr als die Inhalte. Das „Da müssen Sie mal hingehen!" war unser Chance. Bei den Programmtiteln achtete ich stets darauf, daß sie möglichst komisch klangen. Von meinen 55 Titeln seien nur: „Wer pinkelt durchs Schlüsselloch?", „Herr Kortikum ißt seine Suppe nur mit einem rostfreien Messer" und „Mein Goldhamster hat kalte Füße und schwärmt für Mozart!" herausgegriffen. Routinierte SCHMIERE-Besucher kannten diesen Stil und ließen sich von der Albernheit nicht bluffen, Neulingen waren sie eine Rutschbahn in mein Theater.

Natürlich durfte ich das Publikum, wenn ich es für mich gewinnen wollte, nicht mit Holzhammer-Agitation vergrätzen, sondern mußte bestrebt sein, daß es stets einen „Unterhaltungs-Effekt" gab, wie er letztlich in jeder Agitation, seien es Reden, Flugblätter, Plakate, zumindest unterschwellig enthalten sein muß, wenn man Wirkung erzielen will.

Wir vertraten auf der Bühne die Meinung einer Minderheit, unabhängig von jeder politischen Partei, wollten aber Menschen auch an uns binden, die mehrheitlich ganz anderer Meinung waren. Vor den Vorstellungen wurden die Besucher wie Gäste oder Freunde mit ausgesuchter Höflichkeit begrüßt. Ich zeigte ihnen als Hausherr die Plätze, mein Kollege Nonsens saß an der Kasse und war bestrebt jene, die es für wert fanden, einen Abend bei uns zu verbringen, mit großer Freundlichkeit zu bedienen.

Einmal Chicago-SCHMIERE und zurück

1965

Studs Terkel hieß der Mann, der sich mir in meinem Theater vor einer Vorstellung als Journalist zu erkennen gab. Er sei soeben aus Chicago eingetroffen, um sich mein Theater anzusehen... zu sehen, denn er konnte kein Wort Deutsch. Danach wolle er gern ein Interview mit mir machen für eine Sendung des BBC, die „Geboren um zu leben" hieß und sogar prämiert worden sei. Sie hatte den Kampf für den Frieden zum Thema. Er sei in Südafrika gewesen und da habe man ihm den Tipp gegeben, wenn er nach Frankfurt komme, müsse er in DIE SCHMIERE gehen. Na, das war doch erstaunlich...

Wir, Studs Terkel, meine Frau, die sich als Dolmetscherin betätigte, und ich saßen also zu später Stunde im Restaurant „Luthereck" hinter dem Dom und das Tonbandgerät speicherte Fragen und Antworten. Es wurde so spät, daß wir darauf aufmerksam gemacht werden mußten, daß das Lokal nun schließe. Auch das wurde aufgenommen. Wir setzten das Gespräch in unserer Wohnung fort. Am nächsten Morgen flog Terkel zurück nach Chicago. Erst 25 Jahre später begegnete er mir wieder mit einem ins Deutsche übersetzten Buch: „Arm und reich", über das Amerika der 80er Jahre. Er war sehr populär in den USA.

Ein hoher Funktionär und außerdem sympathisch

Viele Menschen gingen an meinem Buchmessestand vorüber und nicht wenige waren es, die sich für meine Produktion interessierten, war ich doch– zumindest in den ersten Jahren– so etwas wie ein „enfant terrible" im Rahmen dieser kommerziellen Bücherschau. Hin und wieder machte bei meinen Büchern ein Mann Station, der sie intensiv beachtete. Ich hielt ihn für einen Engländer. Bald erfuhr ich, daß es nicht stimmte. Es war Klaus Gysi, der leitende Direktor des Ostberliner Aufbau-Verlages. Irgendwann war er auch Kultusminister, später Botschafter in Rom und endlich Kirchenbeauftragter. Er gefiel mir, da er so gar nicht funktionärsmäßig wirkte. Ich erzählte ihm auch, daß ich 1950 seinen Staat verlassen hätte und meine Bibliothek noch dort sei.

Er meinte, daß er sich darum kümmern werde und nach zwei Monaten konnte ich die Bücher, in mehrere Kisten verpackt, beim Güterbahnhof in Frankfurt abholen. Die Angestellten des Bahnhofs waren erstaunt und meinten, daß so eine Sendung bei ihnen noch nie angekommen sei. Natürlich gab es außer einem „herzlichen Dank" von mir keine Gegenleistung, sie wurde auch mit keiner Bemerkung erwartet. Als er mit seinen Verlagskollegen mein Theater besuchte, zahlte er mit Selbstverständlichkeit seine Eintrittskarte und lehnte meine Einladung, als kleine Revanche für seine Bemühungen, strikt ab. Als der Aufbau-Verlag den ersten „Gesammelten Heine" nach dem Krieg herausbrachte, drückte er mir zum Schluß der Buchmesse die zehn Bände in die Arme.

Seinem Sohn Gregor, der jahrelang Fraktionsvorsitzender der PDS im Bundestag war, begegnete ich nicht.

Wenn Karl Kaul sprach

Ein Original war der Ostberliner Anwalt Karl Kaul, der auch in Frankfurt eine Wohnung hatte, oft über die Zonen- und Staatsgrenze pendelte, nicht kontrolliert wurde und als einziger DDR-Anwalt auch in Westdeutschland zugelassen war.

Mehrmals war er in meinem Theater und im Publikum fiel der rundliche, untersetzte, glatzköpfige Mann auf, der ein temperamentvoller Besucher war.

Wenn er Gast in meinem Haus war, fand man kaum eine Lükke, um seine Monologe zu unterbrechen. So erzählte mir einmal der Verlagsleiter Walter Czollek, daß er mit Kaul und zwei anderen Freunden während der Nazizeit in einer Zelle gesessen habe. Er sagte: „Kaul hat uns das Leben gerettet, denn er sprach bereits, bevor wir aufwachten und immer noch, als wir schon schliefen. So hatten wir keine Gelegenheit, uns in der engen Zelle zu streiten."

Einmal kam Kaul mit seinem großen, amerikanischen Wagen zu mir. Den für einen SED-Funktionär ungewöhnlichen Wagen hatte er, so erzählte er , von einem amerikanischen Klienten bekommen. Da stand dieser Wagen vor meiner Haustür, doch von Kaul war nichts zu sehen. Dann kam er die Straße herunter, lachte und rief: „Ich habe den Wagen schon mal vorausgeschickt, damit der Verfassungsschutz ihn in Ruhe filzen kann." Und weiter: „Heute Nacht wurden mir in Frankfurt aus dem Auto Bücher von Rolfs geklaut, die im Rückfenster lagen. Wenn die gewußt hätten, daß im Kofferraum eine Briefmarkensammlung im Wert von einer halben Million lag. Diese Sammlung will ich den Erben von dem Gewerkschafter Viktor Agartz bringen."

Kaul war in Begleitung einer bekannten Ärztin aus Dresden. Als sie im Gespräch meinte, daß es natürlich auch in der DDR so manche „Schattenseiten" gebe, wurde Kaul wütend, fast cholerisch und fuhr ihr über den Mund, daß es lächerlich sei, hier in Westdeutschland über den sozialistischen Staat herzuziehen. Einmal sagte er: „Und wenn es was zu verbessern gibt in unserem Staat, dann ist das nicht mehr meine Sache. Ich habe für diesen Staat gekämpft; ihn zu einem idealen zu machen, ist die Aufgabe der Jüngeren." Hätte er das Ende „seines" Staates verkraften können?

So nebenher ein bißchen Spion spielen?

1962

Als allgemein bekanntgeworden war, daß ich mit meinem Theater in Kürze in Polen gastieren würde, ereignet sich folgendes: Es klingelte an meiner Wohnungstür. Ich öffnete und vor mir stand in recht schmuddeligem Trenchcoat ein Mann: „Darf ich Sie einmal kurz in einer dienstlichen Angelegenheit sprechen?" Ich hatte dummerweise keine Bedenken und ließ ihn ein. Kaum saß er, als er mich fragte: „Sie gehen doch in Kürze mit Ihrem Theater nach Polen... Würden Sie uns bei dieser Gelegenheit ein paar Gefälligkeiten erweisen?" Ich fragte, was er darunter verstehe. Antwort: „Im Einzelnen würden wir das noch klären, ich wollte erst einmal nur wissen, ob Sie bereit wären." Das war ja ein dolles Ding! Ich hatte nicht die Absicht, mit diesem krummen Typ weiter ins Gespräch zu kommen. Also fragte ich: „Wer schickt Sie?" Er sagte etwas von einem „Major im amerikanischen Generalkonsulat." (Er erwähnte auch einen Namen, den ich inzwischen vergessen habe.) Ich bat um seine Adresse. Er gab Straße und Hausnummer an. Damit war für mich das Gespräch beendet, und ich forderte ihn auf, zu gehen.

Gleich danach ging ich zum nahen US-Generalkonsulat und bat, den „Major..." sprechen zu können. Antwort der Empfangsdame: „Es ist schon einmal nach ihm gefragt worden, doch einen Mann dieses Namens gibt es nicht..." Ich fuhr zu der von dem Agenten angegebenen Adresse am Mainufer in Sachsenhausen. Es war ein Trümmergrundstück. Natürlich war die Sache für mich damit noch nicht erledigt, weshalb ich zum Polizeipräsidium ging und mit dem Sachbearbeiter für „politische Angelegenheiten" sprach. Ich erzählte ihm alles, daß ich also auch zur Spionage aufgefordert worden war und bat, die Sache aufzuklären.

Niemand rief mich an, weshalb ich mich wieder meldete. Der amtliche Bescheid lautete (wörtlich!): „Es ist alles in Ordnung!" Ich fragte, was ich darunter zu verstehen hätte?" Noch einmal: „Es ist alles in Ordnung!" Das war es dann, und als ich diesen Vorgang auf der Bühne publik machte, hat auch keine Behörde bei mir nachgefragt. Warum auch, wenn es doch völlig „in Ordnung" ist, daß ein Bundesbürger zur Spionage aufgefordert wird? Wahrscheinlich muß es nur der „richtige" Auftraggeber sein. Nebenher machte ich mir auch Gedanken über die Souveränität unserer Republik.

Erst Demonstrant, dann honoriger Ehrengast.

Als ich eines Abends nach der Vorstellung mein Theater verließ, hörte ich Lärm aus der Gegend des nahegelegenen Hotels „Frankfurter Hof". Ludwig Erhard, seinerzeit Bundeskanzler, war dort abgestiegen, und einige Demonstranten wollten vor dem Eingang des Hotels für oder gegen etwas protestieren, die Polizei hielt sie jedoch etwa 50 Meter vom Eingang entfernt auf Distanz. Jedenfalls solidarisierte ich mich mit den meist jungen Demonstranten. Wir waren vielleicht zwanzig und es kostete die Beamten keine Mühe uns zu stoppen.

Da kam mir eine Idee.

Ich ging zurück zu meinem Theater, zog mir einen schwarzen Bühnenmantel über, setzte mir einen Homburg auf und stieg in meinen Mercedes. So fuhr ich an die Polizeisperre und durfte unbeanstandet passieren. Als ich hinter der Polizeiabsperrung war, hielt ich an, stieg aus, und unter lautem Hallo der Demonstranten sagte ich zu dem Einsatzleiter: „Eben hat man mir noch den Durchgang verweigert und jetzt, in meiner Bühnenaufmachung lassen Sie mich passieren. Kommen Sie sich nicht furchtbar dämlich vor?" Ich sah an seinem Gesicht, daß es tatsächlich so war.

Kolumnist in einer Boulevard-Zeitung

1963

Dieter Vogt war Redakteur des populären Boulevard-Blattes „Abendpost". Er war damals für diese Funktion noch sehr jung und galt als überaus talentierter Journalist. Er machte mir das Angebot, eine täglich erscheinende Kolumne: „Rudolf Rolfs Schmierereien" zu schreiben. So stellte ich mich vor:

Sehr geschätzte Leserinnen und Leser!

Die Redaktion hat mich gebeten, ich solle mich Ihnen vorstellen. Das mag ich nicht gern, denn ich bin dafür, man solle nicht soviel von sich reden, sondern mehr von sich reden machen. Sei's drum!

Vor zwölf Jahren gründete ich in Frankfurt DIE SCHMIERE. Der Nichtbeachtung vieler guter Ratschläge verdanke ich, daß sie sich einen guten Namen machte. Man kennt sie heute in Warschau, Windhuk und Wien und auch in Städten, deren Namen nicht mit einem „W" beginnen.

Da ich die Programme selbst schreibe, muß ich sie leider auch verantworten, und da ich außerdem noch mitspiele, muß ich meine Texte sogar selbst verstanden haben, denn es könnte ja mal jemand kommen, der mich nach dem Sinn des Gesagten befragt. (Das gibt es!)

Außerdem schrieb und schreibe ich Bücher. Jetzt kommt das erste Buch von mir in Ganzleinen heraus. Bisher wußte ich, daß meine Bücher gelesen wurden, denn broschiert waren sie für den Bücherschrank nicht attraktiv genug.

Genug!

Die ABENDPOST dachte sich nun, daß so ein Mensch, der jeden Abend auf der Bühne das vertreten muß, was er schreibt, zum Kolumnisten geeignet sein müsse. Nun ist „Kolumnist" nichts schlimmes. Weder eine Ferkelei noch ein politisch Verdächtiger. Ein „Kolumnist" ist laut Brockhaus... Nein, da steht es nicht drin. Ein Kolumnist ist der Verfasser einer bestimmten sich wiederholenden Zeitungsspalte. Ich werde Ihnen also in Zukunft erzählen, was mir begegnete, auf- oder einfiel. Ich werde kein Blatt vor den Mund nehmen und die Redaktion, was meine Kolumne betrifft, gerne ihrer Verantwortung entbinden.

Das Hochgefühl, alltäglich über 100 000 Leser mit meiner Meinung zu konfrontieren, konnte ich zwei Jahre lang genießen. Vieles erlebte ich in diesem Zusammenhang. So war es schon recht komisch, daß, als meine fünf Jahre junge Tochter Susanne auf dem Hinterhof unseres Mietshauses spielte, eine Frau aus dem Fenster rief: „Hört auf, um die Mittagszeit so zu lärmen. Wenn ihr so weitermacht, hole ich die Polizei, ganz egal, ob es morgen in der ABENDPOST steht!"

Mir gefiel auch, daß eine frisch fröhliche Obst- und Gemüseverkäuferin im Supermarkt, nachdem ich einige nette Worte über sie geschrieben hatte, zu mir sagte: „Vielen Dank, Herr Rolfs, wegen des Artikels habe ich eine Gehaltserhöhung bekommen!"

Als ich nach einer Vorstellung in der Nachbarschaft meines Theaters in einem Lokal saß, kam die Frau des Karikaturisten Kurt Halbritter aus der Volksbühne und erzählte, daß dort eine Maus durchs Publikum gelaufen und ein Mordsspektakel entstanden sei. „Darüber schreibe ich morgen!", sagte ich. Halbritter grinste: „Jetzt bin ich aber gespannt, wie du von der Maus auf die Atombombe kommst!" Es war die Zeit häufiger Demonstrationen gegen die atomare Bewaffnung.

Berufsgläubige unter sich

Oft wurde ich gebeten, über meine Ansicht von politischer Satire zu referieren. Einmal lud man mich von der evangelischen Akademie nach Höchst im Odenwald ein. Unter den Theologen war ich nicht nur als Satiriker ein „Exot". Man stufte mich als „Radikalen" ein, und wieder einmal mußte ich auf den Ursprung des Wortes verweisen: radix (lat.) = Wurzel. So gesehen sei ich gern radikal, sowie ich gleichermaßen gegen jede Gewalttätigkeit sei. Als Nichtgläubiger könne ich die Begriffe Kirche, Gott, Religion nicht ausklammern, weil man mit ihnen ungebeten fast alltäglich konfrontiert werde. Als ich aufgefordert wurde, den Begriff „Glaube" zu definieren, benutze ich die Lexikon-Erklärung: „Glauben ist die Anerkennung eines Sachverhaltes ohne eigene Prüfung." Was ich damit auslöste, überraschte mich. Die etwa zwei Dutzend professionellen Gläubigen debattierten, ja stritten miteinander über das, was sie unter „Glauben" zu verstehen hätten. Der Streit, die Auseinandersetzung, war so heftig, daß ich mir schon fast überflüssig vorkam als Gastreferent über das Thema „Satire". Allerdings werden die Anwesenden nicht geahnt haben, wie mir diese Kontroverse so manches, was bei mir vielleicht Vorurteil gewesen war, bestätigte.

Opportunisten: Raubvögel, die kriechen

Eine der Definitionen, die der „Duden" von mir übernahm. Ich hatte das Recht es so hart auszudrücken, denn es gibt und gab keinen Menschen, der mir jemals hätte „Opportunismus" vorwerfen können. War ich also ein Außenseiter? Ich war einer und doch keiner oder beides. Gehörte ich nie zu einer Mehrheit, so galt ich kaum als skurriler „Spinner". In der Schule rüpelte ich nie mit und stand dennoch für die anderen Schüler nicht im Abseits. Ich spielte zwar vorwiegend mit Mädchen, weil die mir interessanter waren, doch fand mich gegebenenfalls auch mit Geschlechtsgenossen zurecht. Meine Eigenwilligkeit führte in meinem Leben nicht nur zu verbalen Kontroversen, sondern hätte mich manchmal nicht nur den Kragen kosten können. So eckte ich nicht nur mehrmals im Jungvolk an, sondern ebenso häufig beim Militär, konnte mich jedoch letztlich meist durchsetzen, denn ich vermied es als Nörgler, Defätist oder chronischer Nein-Sager eingeordnet zu werden. Organisationen hatten es mit mir nie leicht und ich machte es mir, nicht mit ihnen. Als Redner bei Kundgebungen der „Kampagne für Demokratie und Abrüstung" („Ostermarsch") war ich recht gefragt, doch wußten die Veranstalter, daß ich manches sagen würde, das einigen der Anwesenden möglicherweise nicht ins Konzept paßte. Als Erwachsener war ich nie beruflich „abhängig" tätig, somit stets mein „Chef". Der Erfolg meines satirischen Theaters erklärte sich primär daraus, daß ich es nach eigenen Gedanken kreierte und mir kein Vorbild wählte. Mein „anderes" oder „alternatives" Handeln war dem, was man gemeinhin „Karriere" nennt, ebenso abträglich, wie dem, was ich als Erfolg erstrebte, dienlich. Ich bemühte mich, meinen Idealismen und Visionen erkennbare, möglichst realistische, Basen zu geben. Es blieb nicht aus, daß ich mir aus der Sicht „vernünftiger" Menschen immer wieder selbst die Stolpersteine in den Weg legte.

Wenn man mir heute einreden möchte, daß man so, wie ich es seinerzeit tat, Satire nicht mehr „anbieten" könne, so muß ich kontern, daß man das ebenso sagte als ich mit meiner Praktizierung erfolgreich war, was ich der Nichtbeachtung „vieler guter Ratschläge" verdankte.

Ja, ich war oft unbequem, auch mir. Es machte eine Floskel in Redaktionen und Rundfunkhäusern die Runde: Mit Rolfs kann man nicht reden! Das ist eine läppische Vereinfachung. Natürlich konnte jeder mit mir „reden", fast täglich suchte „man" das Gespräch mit mir. Der Satz sollte aber heißen, daß ich mir meine Intuitionen, Ansichten und Ambitionen nicht abhandeln ließ oder zu verkaufen bereit war. Unermüdlich war ich, beim Versuch der Realisierung des Grundgesetzes zu helfen, die Menschenrechte zu verwirklichen, die Trennung von Kirche und Staat zu forcieren. Wer das konsequent fordert und aktiv propagiert, wird automatisch zu einem „Querulant", einem Außenseiter, mit dem „man nicht reden kann", obwohl man doch gerade für das Gemeinwohl aktiv ist.

Ich bemühte mich nicht nur, meinem Publikum, den Zuhörern, Beobachtern gegenüber „glaubhaft" zu sein, sondern auch mir.

Meine Lebenspraxis steht (und stand) auf dem Sockel dessen, was ich agitatorisch vertrat. Wenn meine Frau Renate mich provozieren wollte, sagte sie: „Auf der Bühne redest du so, doch zu Haus so..." Sie wußte genau, daß ich voller Bitternis darauf reagierte, denn die Behauptung sollte nichts als eine schroffe gezielte Beleidigung sein.

Sicherlich war ich mancher Frau kein konventioneller Partner, weil ich nie „typisch Mann" sein wollte und dieses Klischee doch so gut ins Argumentations-Kästchen paßt.

Gleichviel, ob ich anderen und mir damit Unbequemlichkeiten bereite, ich möchte unverwechselbar sein. Bin ich also doch ein Außenseiter? Ja und nein. Ich möchte „ich" sein und das ist in unserer Gesellschaft stets ein mehr oder minder großes Abenteuer.

Friedrich Schiller sprach von „moralischer Anstalt"

Mein Theater sollte mehr sein als eine Amüsierstätte. Gewiß mußte das, was wir boten, auch einen Unterhaltungswert besitzen. Auch der politisch aktive Mensch möchte nicht einen ganzen Abend lang von der Bühne einen weltanschaulichen Schulungsunterricht bekommen. Dennoch weiß ich, daß es mir weitgehend glückte, einen gewissen Anteil des Publikums zu aktivieren. So legte ich Unterschriftzettel für eine Resolution an den Petitionsausschuß des Bundestages vor. Hier wurde die Forderung aufgestellt, daß Bundestagsabgeordnete nach zwei Legislaturperioden auf eine folgende Kandidatur verzichten müßten, um den „Profi-Dauer-Volksvertreter" zu verhindern. Die Zustimmung meiner Besucher war enorm. Zigtausend Unterschriften sammelte ich und sandte die Listen an den Bundestag, denn ein solches Gesetz müßte ja von ihm beschlossen werden. Unsere Art von Demokratie hat ihre Absurditäten, nämlich, daß die Betroffenen – also die Abgeordneten – wie bei den Diätenzahlungen über ihr eigenes Wohl abstimmen können. Gleichviel war die Aktion sinnvoll, da sich die Unterzeichner der Resolution Gedanken machten. Viele Jahre lang war die „DIE SCHMIERE" eine Brücke zur Kriegsdienstverweigerung, als noch eine „Prüfung des Gewissens" vorgeschrieben war.

Eine Unterschriftenaktion richtete sich gegen die Reklamesendungen der öffentlichen Rundfunkanstalten. Auch hier erhielt ich viele tausend Unterschriften, die ich dem Rundfunkrat des Hessischen Rundfunks übergab. Der damalige Intendant Hess wollte das Thema verlächerlichen, indem er mir schrieb, daß bei Entfallen der Reklame die Rundfunkkonsumenten den doppelten Beitrag zahlen müßten.

Mit meinen Besuchern sammelte ich für Spielanlagen im Frauengefängnis Preungesheim, wo Mütter mit ihren kleinen Kindern zusammenleben konnten.

Um solche Geldsammlungen transparent zu machen, ließen wir einen Hut durchs Publikum reichen, baten jene, die im hinteren Teil des Theaters saßen, den Betrag zu zählen. Ich stellte auf der Bühne einen Scheck über den erzielten Erlös aus, bat einen Besucher dies zu kontrollieren und den Scheck in einen Umschlag zu stecken, um ihn in den Briefkasten zu werfen.

Als Proteste Mode waren

1968

Das war die Zeit, da es für junge Leute zum guten Ton gehörte, zu demonstrieren. Man sagte aber nicht mehr „Demonstration", sondern schicker „Demo", die „Sitzstreiks" wurden zu „Go in's". Besuchte man einen Vortrag, ging ins Theater oder Konzert mußte man damit rechnen, daß die Veranstaltung von irgendeinem Häuflein Radikaler gestört, unterbrochen wurde. Sie verlasen meist Resolutionen oder artikulierten auf verschiedene Weise Proteste. Eines Tages geschah dieses auch in meinem Theater. Es war natürlich politisch instinktlos, denn ich vertrat dort ohnehin weitgehend Standpunkte, die sie vertraten. Ich hatte nur den Vorteil, daß ich vor stets gemischtem Publikum agierte, das Unterhaltung erwartete und – zumindest nebenher – auch mitbekam, was ich weltanschaulich vertrat. Als ich die Protestierer fragte, warum sie sich gerade DIE SCHMIERE ausgesucht hätten, meinten sie naiv: „Hier haben wir mit dem meisten Verständnis gerechnet."

Viele Besucher verließen sogleich das Theater, nur wenige hörten sich die jungen Leute an, bis wir endlich mit ihnen „unter uns" waren. Was nun? Mir war die Möglichkeit entzogen, an diesem Abend vor Menschen zu agieren, die sie nie erreichen würden. Am Ende des Gespräches erkannten sie ihren Irrtum.

Als ich im selben Jahr eine Jubiläumsveranstaltung anläßlich der Ersten Deutschen Nationalversammlung 1848 in der Paulskirche moderierte, gelang es mir in einer ähnlichen Situation, mit den dort wiederum deplacierten Protestlern auszuhandeln, daß sie ihr Anliegen nach dem Ende der vorgesehenen Schriftstellerlesung publik machen würden. Na also!

Applaus für eine Geburt

1968

Mit zwanzig Jahren hat Tochter Effi mein Theater übernommen, doch hatte sie schon früher, wenige Minuten nach ihrer Geburt einen erfolgreichen „Auftritt". Das kam so:

Hinter der Bühne hatten wir seinerzeit kein Telefon und jenem Helfer, der während der Vorstellungen an der Kasse, am Eingang also, saß, hatte ich gesagt, wenn ein Anruf aus dem Krankenhaus komme, solle er das Licht im Zuschauerraum kurz anknipsen. Wenn es ein Sohn wäre, einmal und zweimal bei einer Tochter. So geschah es denn. Ich stand gerade auf der Bühne, da ging über dem Publikum zweimal das Licht an. So sagte ich denn: „Sehr verehrte Damen und Herren, daß das Licht zweimal angeknipst wurde, hat einen triftigen Grund. Es ist für mich das Zeichen gewesen, daß soeben meine Tochter Effi geboren wurde. Applaus. Weitgehend unverdient für mich.

Tochter Susanne, die zehn Jahre zuvor auf die Welt kam, war nicht so geltungsbedürftig, sie paßte sich der SCHMIERE an und kam am spielfreien Montag.

Als Redner im Hexenkessel „Römerberg"

1969

Wieder einmal hielt ich zur Abschlußkundgebung des Ostermarsches der Atomwaffengegner eine Rede. Diesmal, das war mir klar, würde es nicht nur Zustimmung der Anwesenden geben. Es war mir klar, daß ich den 68ern, die schon auf dem Marsch zur Kundgebung motzten, ein Dorn im Auge sein würde, denn ich hatte bei diversen Veranstaltungen gegen Gewaltanwendung agiert. Die Zusammensetzung der Teilnehmer der Ostermärsche hielt man für zu „bunt" und die strikte Gewaltfreiheit für zu wenig militant. Der Gewerkschaftsfunktionär, welcher nach mir sprechen sollte, sagte, daß er „Schiß" habe, daß es Tumulte gebe. Ich tröstete ihn: „Keine Sorge, nach meiner Rede ist die Luft raus."

Und so begann ich: „Für viele Anwesende ist es ein Unglück, daß ich hier und heute spreche!" Wurde schon bei meiner Namensnennung gebuht, hatte ich jetzt dem „Affen Zucker gegeben" und es begann ein Tosen, das ich nur dank des Mikrofons übertönen konnte: „Der politische Kampf ist ein Marathonlauf. Die, welche meinen, zum Sprint ansetzen zu müssen, werden bald keine Puste mehr haben und von uns überholt werden!"

Solche Sätze wollten die Saison-Revolutionäre nicht hören. Es wurde gepfiffen und gegröhlt. Eine Gruppe von Palästinensern hielt mich – irrtümlich – für einen Juden, weshalb sie stupide-rhythmisch: „Ha, ha, ha! El Fatah!!" brüllten. Hei, das war ein Hexenkessel. Ein Dutzend gestandener Männer hatten sich hinter mir auf dem Podium eingehakt, um wilde Typen, die mich vom Rednerpult zerren wollten, daran zu hindern. Von vorn sprangen immer wieder Fanatiker hoch, um mir mein Manuskript zu entreißen, was ihnen erst kurz vor dem Ende meiner Rede gelang. Da rief ich: „Wenn man mir jetzt mein Manuskript geklaut hat, das, was ich zu sagen habe, kann ich auch ohne Manuskript tun." „In Fortsetzung meines Satzes, daß der politische Kampf ein Marathonlauf sei, will ich nur noch sagen: Hirn- und Fußkranke, raustreten!" Die Brüllerei der aufgebrachten Patent-Revolutionäre war die Bestätigung meiner Worte.

Mein Freund Bernhard machte von der ganzen Sache eine Tonbandaufnahme, die ich noch heute besitze. Übrigens, als ich Jahre später mit dem Frankfurter Joschka Fischer telefonierte, gab er an, mich nicht zu kennen, auch mein Theater sei ihm unbekannt.

Wie ist das mit der „anspruchsvollen Bescheidenheit"?

Es gab Zeiten, zu denen ich wenig Geld hatte, sehr wenig, und doch hatte ich aus meiner Sicht immer etwas mehr als genug, so daß ich mich auch in karger Zeit als „wohlhabend" einordnete. Das demonstrierte ich auch zwei Herren vom Finanzamt, die mich einmal aufsuchten, um mich zu fragen, wovon ich denn lebe. Sie gaben zu, daß sie meine Ansichten überraschе, doch irgendwie plausibel fanden.

Zum „Luxus"-Begriff habe ich auch heute noch meine eigenen Vorstellungen. Ich bin euphorisch, wenn ich am Abend mit meiner Freundin auf der Terrasse sitze und unter drei Käsesorten wählen kann. Wie oft jubelte ich dann: „Mensch, geht es uns gut!" Wenn ich zum Abendessen auf der finnischen Insel ein Glas Wein goutiere (obgleich es billiger italienischer Tafel-Wein aus der „Tüte" ist und weniger kostet als in Finnland Mineralwasser), empfinde ich uns als privilegiert.

Wenn an besonderen Tagen G. gekochten rosafarbenen Lachs serviert, bin ich von Aufwand und Genuß hingerissen und überschwenglich dankbar. Selten gelingt es mir, mich in meiner Glückseligkeit zu bremsen. Bin ich tatsächlich bescheiden oder ist es die von mir formulierte und praktizierte „anspruchsvolle Bescheidenheit"?

Wenn ich zehn Tage von dem lebe, was ich einkaufte, macht mir das bis auf den letzten Tag Freude. Manche, die mir nahestehen, forderten mich schon auf, ich solle mir doch „mal was leisten", und wenn ich das realisieren will und mir in den Geschäften das Angebot betrachte, weiß ich nicht, was es dort geben sollte, das mich über das bisherige Maß reizen könne und bleibe dann doch wieder bei Käse, Obst, Fisch und Wein.

Kommt es aus meiner Kindheit, in der für mich ein „Frühlingsbrot" mit Quark, Kräutern und Radieschenscheiben die Krone des Genusses war und Pellkartoffeln mit Quark und Butter Begeisterung auslöste?

Mein Bruder genoß Margarine-Brot mit einen Tropfen Maggi darauf und ich schlabberte genüßlich Haferflocken mit Milch. Nein, nein, ich will es nicht verheimlichen: Wenn ich in Finnland bin und mir der Sinn nach besonderer Delikatesse steht, kaufe ich ein paar Gramm „Kaviar" von Regenbogenforellen oder Lachs und ein Weißbrot. Das kostet etwa zehn Mark zusammen und garantiert mir zwei lukullische Gourmet-Abendessen. Beinahe habe ich ein schlechtes Gewissen. Übrigens den „richtigen" Kaviar vom Stör mag ich nicht. Nicht nur weil er viel teurer ist...

In den letzten Jahren bin ich für drei Wochen auf der Insel ganz allein. Am ersten dieser 21 Tage kaufe ich ein, verlasse dann das Terrain nicht mehr und lebe drei Wochen von dem, was ich für etwa 70 Mark eingekauft habe. Das sind etwa 3,50 pro Tag. Der Konsumwein, den ich mitgebracht habe, je Liter etwa 1,50, kommt allerdings hinzu. Soll ich mich schämen, daß es mir so preiswert so gut geht?

Ich trommelte für Willy Brandt

Willy Brandt war ein Glücksfall in der deutschen Nachkriegsgeschichte. Ich wollte, daß dieser Mann Bundeskanzler wird, und als eine zweite Legislaturperiode mit ihm zur Wahl stand, wollte ich mich aktiv für ihn einsetzen. In meinem Wohnort Rödermark verbündete ich mich mit etwa einem Dutzend Bürgern, die mir bei den Aktionen helfen wollten. Wir versammelten uns zu einer „Freien Wählergemeinschaft". Wir waren alle parteilich ungebunden, somit gehörte auch keiner der SPD an. Im größten Saal des Ortes arrangierten wir zwei Veranstaltungen unter dem Motto: „Wähler streiten mit Wählern". Wir wollten Wählern jeder Couleur die Möglichkeit geben, sich zu artikulieren und waren uns dessen sicher, daß wir die besseren Argumente hatten.

Tatsächlich gelang es uns, mit dem auf Neugier spekulierenden Slogan viele Bürger zu locken, so hatten wir mehr Besucher in unserem Saal als alle Parteien in ihren Versammlungen zusammen. Als Moderatorin stellte sich Ulrike Holler vom Hessischen Rundfunk, die spätere Frau des Frankfurter Oberbürgermeisters Schoeler, zur Verfügung.

Leider war nur ein Bürger bereit, sich auf dem Podium gegen uns zu stellen. Seine Argumentationen waren so peinlich, daß wir den anwesenden CDU-Bürgermeister von Rödermark, Rebel, baten seinem so hilflos wirkenden Sympathiesanten beizustehen, was er leider ablehnte.

Im fast stets „schwarz" regierten Rödermark wurde ich zum „roten Schaf", was sich darin zeigte, daß man mich per Telefon bedrohte („Du wirst den heutigen Tag nicht überleben!"), vor meiner Haustür ein Feuer entzündete und mein Auto mit Kot beschmierte. Sozusagen nachgereichte christpolitische Argumente.

Wie ich zur „Bezugsperson" wurde

1973

Eines Tages erhielt ich einen Brief. Der Text:

„Sehr geehrter Herr Rolfs!

Da ich Sie und Ihre Einstellung kenne, wende ich mich heute mit folgender Bitte an Sie: Ich sitze zur Zeit wegen einer Dummheit im Gefängnis und habe mehr Zeit als alle anderen Menschen in der Freiheit, um mich intensiv mit Ihren Büchern zu befassen. Da aber die Gefängnisbücherei sie leider nicht hat, bitte ich Sie, mir einige zukommen zu lassen, speziell das „Tagebuch eines Nichtschläfers", sowie „Die Hosenträger". Ich wäre Ihnen dankbar und bitte Sie, mir die Rechnung solange zu stunden, bis ich wider in der Freiheit bin. Bitte schreiben Sie auf das Päckchen „Büchersendung" drauf! In der Hoffnung, Ihre Bücher bald lesen zu können, bedanke ich mich schon im voraus bei Ihnen und verbleibe mit den besten Wünschen! Ihr Heinz K."

Natürlich erfüllte ich diesen Wunsch sogleich und nahm den Mann unter meine Obhut. Da er, wie er mir später schrieb, im Gefängnis einen Schreibmaschinenkurs absolvieren wollte, sammelte ich beim Publikum das Geld für eine Schreibmaschine. Er bekam auch einen „Duden“ und andere Dinge von uns gestellt. So bemühte ich mich, einen realistischen Kontakt zwischen dem Inhaftierten und der „Gesellschaft“ zu schaffen. Ich war auf seinen Wunsch bereit, seine „Bezugsperson“ zu werden.

Um mit mir sprechen zu können, wurde er eines Tages von Landshut nach Mainz transportiert, wo ich ihn dann im Büro des dortigen Anstaltdirektors persönlich kennenlernen konnte. Ein zweites Mal transportierte man ihn in meine Gegend und zwar in die Strafvollzugsanstalt Dieburg. So lernte ich ein Gefängnis von innen kennen, soweit man das sagen kann, wenn man durch einige Kontrollen in den Besuchsraum geführt wird.

Zweifelsohne war Heinz K. ein „windiger Bursche“, der nicht wegen einer „Dummheit“, sondern diverser Scheckfälschungen (wenn es auch, wie er sagt, nur „kleine Beträge“ waren) einsaß.

Gleichviel. Durch meine Bereitschaft, ihn vorübergehend in mein Haus aufzunehmen, gelang es mir bei der Staatsanwaltschaft, eine Strafverkürzung zu erreichen.

So lebte in meinem Haus ein „Krimineller“ mit uns und ich hatte auch keine Besorgnisse, ihn während ich am Abend in mein Theater fuhr, allein im Haus zu lassen.

Es war rührend zu sehen, wie er sich bemühte, mich in manchen meiner Gewohnheiten nachzuspielen. Er begann, mir bei meiner allnachmittäglichen „Teestunde“ Gesellschaft zu leisten. Auf seinen Wunsch ebnete ich ihm den Weg zu klassischer Musik. Das ist relativ einfach, wenn man mit besonders populären Stücken beginnt, etwa dem „Capriccio italienne“ von Tschaikowsky oder Mozarts „Kleine Nachtmusik“. Ich begann, ihm Lektüre mit einem gewissen Anspruch nahezubringen. Natürlich mußte er, der Lederfacharbeiter, rasch eine Stellung bekommen. Unser gemeinsamer Besuch beim Arbeitsamt war gleich erfolgreich und bald konnte er sich eine kleine eigene Wohnung leisten.

Dann geschahen Dinge, die einer Tragik nicht entbehrten. Nun, frei und wieder in die Gesellschaft integriert, wollte er mich auch in meiner Funktion als „Sozialhelfer" nachspielen. Er gewährte einem ehemaligen Knastkollegen, der entlassen wurde, bei sich Quartier und wollte ihm beim Sprung ins „normale" Leben helfen. Von dem wurde er leider hinterlistig bestohlen. Für Heinz K. brach seine „neue Welt" zusammen und er begann nun auch selbst wieder mit Halunkereien...

Die Folge eines Mittagessens mit Linus Pauling

1975

So etwa in diesem Jahr muß es gewesen sein, als ich begann regelmäßig Ascorbinsäure zu schlucken. Ich hatte gehört, daß der amerikanische Professor Linus Pauling empfahl, neben der üblichen Nahrung zusätzliche Dosen von Vitamin C zu sich zu nehmen. Immerhin hatte der Mann den Nobelpreis für Biochemie erhalten. Daß er auch noch den Friedens-Nobelpreis bekommen hatte, machte mir ihn zusätzlich vertrauenswürdig.

Eines Tages kam eben dieser Linus Pauling mit seiner Frau nach Frankfurt, um in der Paulskirche eine Rede zu halten. Ich schrieb meiner Frau, auf ihren Wunsch, ein paar Vorworte, mit denen sie Pauling einführen sollte. So kam es denn, daß wir uns zum Mittagessen im Henninger Turm wiederfanden. Ich fand ihn (seine Frau nicht weniger) sehr sympathisch, dachte an meine Ascorbinsäure-Konsumation und fand: Der Mann muß recht haben!

Gleichviel, ob es nun an dem täglichen Genuß dieses weißen Pulvers lag und liegt, seitdem bin ich nicht mehr nennenswert erkältet...

Vor wenigen Jahren starb Pauling. Nun dagegen ist Vitamin C letztlich machtlos. Immerhin wurde er 93. Na, ist das etwa nichts?

Die politische Bühne

Oft wurde ich zu Podiumsdiskussionen gebeten. Wenn Bundeswehroffiziere eingeladen waren, galt ich, der Pazifist, als geeigneter Gegenpol. So sagte ich einmal vor einigen hundert Berufsschülern in Frankfurt: „Bitte beachten Sie bei diesem Gespräch, das wir hier führen: Dort spricht ein für diesen Zweck ausgebildeter Propagandafunktionär, der, ohne Rücksicht auf einen möglicherweise anderen eigenen Standpunkt, sein Gehalt dafür bekommt, die Leitlinien seines Arbeitgebers, der Bundeswehr, zu vertreten. Ich hingegen gehöre keiner Organisation an, vertrete meine Meinung und erhalte keinen Pfennig für die Teilnahme an dieser Diskussion, für welche ich meine Freizeit verwende. Übrigens habe ich auch meine Fahrtkosten selbst getragen." Dem Offizier war das unbehaglich und er hielt meinen sachlichen Hinweis für unfair. Aber ich habe wirklich nie, wenn ich eine öffentliche Rede hielt, sei es in Hamburg, München, Saarbrücken, Stuttgart oder Karlsruhe gewesen, Fahr- oder Spesenzahlungen angenommen.

Als ich eine solche Diskussion bei der St. Bonifazius-Gemeinde in Frankfurt hatte, brachte ich nicht nur die beiden mitstreitenden Offiziere in Bedrängnis, sondern auch den CDU-Vertreter, den Fraktionsvorsitzenden im Hessischen Landtag, Milde, der wohl Staatsanwalt war. An Hand des Wehrstrafgesetzes zeigte ich auf, daß der „einfache" Soldat für Vergehen meist stärker „zu bestrafen ist" als die Vorgesetzten in ähnlicher Situation. Der Jurist Milde: „Wenn das tatsächlich so ist, dann muß das geändert werden!"

Mit mir gingen Berufspolitiker ungern aufs Podium. Der SPD-Bundestagsabgeordnete Matthöfer soll zu einem Veranstalter solch eines öffentlichen Gesprächs gesagt haben: „Mit Rolfs gehe ich nicht in die Arena!". Der CDU-Abgeordnete Picard sagte mir am Telefon: „Nein, Herr Rolfs, mit Ihnen diskutiere ich nicht öffentlich. Sie sind ein Profi."

Natürlich war ich stets mit einer Tatsache im Vorteil: Ich hatte mich niemandem gegenüber zu verantworten. Ich vertrat meine, meist unkonventionelle, eigene Meinung.

Der Mut zur „Dummheit"

Einiges kann ich einigermaßen, einiges ganz gut, ganz wenig sehr gut. Vieles kann ich nicht. Viel mehr als ich kann und das meiste von dem, was ich nicht „kann", will ich gar nicht können. Hätte ich nicht diesen Mut zur „Dummheit", hätte ich weniger Zeit, das zu tun, was ich sehr gut kann. Zu dem, was ich recht gut kann, weil ich mir die Zeit dafür nehme, zum Beispiel zu leben. Das Leben, so sollte man meinen, gehört wohl das Wichtigste im Leben. Addiert, hat man ohnehin, höchstens eins. Als mir ein junger Mann bei einem meiner „Salons" erklärte, daß er seine Lebensaufgabe darin sähe, alles zu erfahren, zu wissen, tat er mir leid, denn er programmierte sich damit auf Frustration wie alle Menschen, die nach einem nicht erreichbaren Ziel streben. Die tausend „genialsten der Genies" zusammengenommen können nicht „alles" wissen. Nein, ich will in meinem Kopf Platz haben für naive Gedanken, für die Liebe, für Genüsse und deshalb zum Beispiel will ich nicht wissen, wie ein Computer, Fernseher oder Videogerät funktioniert; ich will mich nicht ins Wissen um die Antike oder Mythologie vertiefen, mich nicht mit Fremdsprachen oder zuviel Geschichtszahlen und Chemieformeln belasten.

Ich denke, daß es klug ist, partiell „Dummheit" in Kauf zu nehmen, weil ich auch schon oft bemerkt habe, wie einfältig sich so mancher Wissende im alltäglichen Leben verhält.

Wie ist das mit Orden und Ehrungen?

An mir sind Orden und Ehrungen spurlos vorbeigegangen. Wenn ich also eingeladen werden würde und mit Orden und Ehrenzeichen erscheinen möge, würde ich eine blitzblanke Brust zu bieten haben. Als ich einmal vom amerikanischen Sender AFN, sicherlich irrtümlich, eingeladen worden war, weil dort ein Jubiläum gefeiert wurde, ging ich tatsächlich hin und während dort an Uniformen „Lametta" zur Schau gestellt wurde, provozierte ich mit einem Ostermarschabzeichen auf der Smokingbrust.

Der Frankfurter Kulturdezernent sagte mir mal: „Ich würde Sie ja gern Einreichen zum Bundesverdienstkreuz, doch vordem müßte ich Sie fragen, ob Sie es annehmen würden." Seine Bedenken waren berechtigt.

Auf der Buchmesse kam F. C. Krüger zu mir, der im ZDF tätig war und gleichzeitig in Mainz ein Kabarett betrieb. Er war Initiator des „Deutschen Kleinkunstpreises" und Vorsitzender der Jury. Er druckste herum und fragte, wie ich mich verhalten würde, wenn die Jury sich entscheide, mir diesen Preis zu geben. Meine Antwort: „Das würden Sie ja sehen, wenn es dazu kommt." Natürlich bekam ich den Preis nie, denn man ahnte, daß ich mich mit dessen Verleihung eher beleidigt als ausgezeichnet fühlen würde. „Kleinkunst", was für ein verlächerlichender Begriff, wenn man aggressive, harte Satire macht. Kleinkunst? So ein Quatsch. Entweder Kunst oder keine, doch wie sieht „kleine" aus? Miniaturmalerei? Liliputanerakrobatik? Da gibt es in der Bundesrepublik einen Ministerpräsidenten, der durch Beschiß in sein Amt gewählt wurde, der gelogen und betrogen hat und aus seiner Hand nahmen zwei Schriftsteller, die sich fortschrittlich und sehr demokratisch dünken, einen Preis entgegen! Wie geht das? Wie schafft man das??

Mit schwarzem Hut und Nerzcape

Eine Deutsch-Amerikanerin hatte in Frankfurt einen Party-Zirkel für prominente Geschäftsleute etabliert. Vom Diamantenhändler bis zum Versandhauschef, vom Star-Anwalt bis zum Börsenmakler. Sie rief mich an und fand die Idee „very nice", mit dieser Schickimicki-Versammlung in „DIE SCHMIERE" zu kommen. Sie ließ mir sogar eine Liste mit den Namen ihrer illustren Freunde zukommen. Es waren etwa 40 sich „honorig dünkende" Visitenkartenbesitzer, die sich an einem Sonnabend zur ersten Vorstellung (Sonnabends spielten wir zweimal) einfanden. In der Garderobe stapelten sich die schwarzen „Homburger". Die Nerzcapes der Damen wurden unserer Garderobe natürlich nicht anvertraut. Ich hatte dem Stück, im Wissen um diese „besonderen" Gäste, zusätzlichen Pfeffer gegeben und einige der provokativsten Gags eingebaut. Und tatsächlich gingen diese Leute mir aufs Eis, anstatt die Pointen einfach totzulachen.

Nein, es wurde nicht mehr gelacht, sondern zuerst machte sich Unmut bemerkbar und dann kamen wahrhaftig Proteste. Der damalige Standard-Satz fiel auch: „Geht doch nach drüben!" und einer rief „Nestbeschmutzer!" Heißa, wir hatten gesiegt.

Nun erkannte auch das „normale" Publikum, das beim Einmarsch der ungewohnten SCHMIERE-Besucher befremdet war, was hier vor sich ging. Die Hautevolèe hatte natürlich die vorderen Plätze und war mit uns frontal konfrontiert. Jetzt bekamen diese Leute auch noch von den hinteren Plätzen, also aus dem Rücken, Zurufe. Es war eine Sternstunde der politischen Satire.

Als die Gruppe der Etablierten mein Theater verließ, warteten bereits die Besucher für die zweite Vorstellung im Vorraum und meinten, ihren Augen nicht zu trauen beim Auszug dieser Créme der „besseren Gesellschaft" und mancher meinte sicherlich beim Anblick dieser „feinen Leute", vor dem falschen Theater zu sein.

Der Alkohol gab mir einen bleibenden Stempel

Nein, für mich selbst war Alkohol nie ein Problem. Obgleich ich kein Abstinenzler bin, war ich in meinem Leben kein einziges Mal betrunken. Das Thema „Alkohol" wurde mir jedoch drastisch aufgedrängt. Meine Frau R. lebte und starb mit ihm. Sicherlich verhielt ich mich nicht immer richtig. Mein Arztfreund sagte mir, daß ich keine Schnapsflaschen wegnehmen solle, sondern ihr noch eine dazustellen müsse. Kann man das, wenn man liebt, sich verantwortlich fühlt, weil man um diverse Jahre älter ist? Ich versuchte das Thema herunterzuspielen, wo ich es hätte direkter angehen müssen. Ich hatte stets Schwierigkeiten, Trunkenen gegenüber tolerant zu bleiben. Ich verstehe Trunksucht nicht und mir sind Menschen in diesem Stadium unästhetisch bis unheimlich. Wie es zu der Alkoholabhängigkeit von R. kam, weiß ich nicht. Lag es daran, daß sie als Schülerin in einem Alkoholbetrieb jobbte? Daß sie dann als Schauspielerin ihre Garderobe mit einer Kollegin teilte, die ebenfalls abhängig war?

Für mich ist Wein eine delikate Ergänzung meines Abendessens. Daß in ihm Alkohol enthalten ist, bedaure ich eher, als daß ich ihn deshalb trinke. Durst lösche ich nie mit einem alkoholischen Getränk. Und wie lebt so ein Mensch mit einer Alkoholikerin zusammen? Und dies viele Jahre lang?

So manches „Protokoll" habe ich mit erstellt. Bei der Durchsicht meiner Aufzeichnungen weiß ich nicht, wie ich es schaffen konnte, bei dieser okkupierenden Tragik allabendlich auf der Bühne zu stehen, ohne mir anmerken zu lassen, daß sich währendem ein Mensch zu Tode trank.

Wie man hochbegabt scheitern kann

Frauen, die ich für schön halte, erregen mich, wenn sie außerdem intelligent sind, halte ich sie für unwiderstehlich. So ging es mir mit der siebzehnjährigen Renate, die ich bei der ersten Begegnung für mehrere Jahre älter hielt. Zweifelsfrei hatte sie diverse Talente, weshalb ich sie, ohne zu zögern, zuerst in einem Jugendprogramm, dann in anderen Stücken einsetzte.

Ich wollte sie davor bewahren (noch vor ihrer Bühnentätigkeit heirateten wir), in dem Engagement für mein Theater „festzulaufen" und eröffnete ihr andere Möglichkeiten. Ich staunte, mit welcher Geschwindigkeit sie ein Buch lesen konnte und nachdem wahrhaftig wußte, was in ihm stand. Ihre Aufnahmefähigkeit war enorm und verband sich mit geradezu meisterhaftem Talent des Bluffens. Da sie, wie gesagt, sehr gut aussah, ungemein sicher auftrat und mit Leichtigkeit jedem Gespräch standhielt, war sie für den Beruf einer Fernsehreporterin prädestiniert. Ich ebnete ihr den Weg zum Volontariat und alles klappte mit Rasanz. Leider wurde daraus dann doch nichts. Ihrem Ehrgeiz stand ihre Alkoholabhängigkeit im Wege...

Eines Tages ließ sie mich wissen, daß es „schon immer" ihr Traum gewesen sei, Biologie zu studieren. Wieder stellte ich sie von der Bühne frei, ihren Part übernahmen andere Kolleginnen. So stieg sie dann über Fern- und Abendkurse in die Vorbereitung für das Biologiestudium ein. Es gelang ihr einen Professor zu finden, unter dessen Obhut sie eine Arbeit über das Verhalten von Fischen erstellte, welche das nichtabgelegte Abitur ersetzen und den Weg zum Studium frei mache sollte.

Sie ging alkoholisiert in die Prüfung und alles war wieder vorbei.

Als ich sie wieder einmal aus der Neurologie der Universitätsklinik in eine Entziehungsklinik gebracht hatte, avancierte sie dort sogleich zur Redakteurin der Patientenzeitschrift und der Geliebten des Direktors der Anstalt. In ihren Tagebuchskizzen bedauerte sie, von ihm kein Kind bekommen zu haben.

Oh ja, sie hatte viele Talente, im Leben noch mehr als auf der Bühne. Erwartungsgemäß setzte ihr vorzeitiger Tod den Schlußpunkt unter das Bilderbuchbeispiel, wie man hochbegabt scheitern kann.

Das „Theater am Wald"

1975

Ich arrangierte neben meinem satirischen Theater „DIE SCHMIERE" in Frankfurt in meinem Wohnhaus, 20 Kilometer von Frankfurt entfernt, ein weiteres. Ich nannte es „Theater am Wald", da mein Grundstück tatsächlich „Wald" ist, auf den der Blick der Zuschauer auch fiel, wenn der Vorhang die Acht-Meter-Front nicht verdeckte.

Es gab 60 Sitzplätze, die bereits lange vor den Aufführungen verkauft waren. Dennoch war es kein „Geschäft", denn die Eintrittspreise waren niedrig. Drei Stücke schrieb ich dem Ensemble und dem Haus auf den „Leib". „Die Nacht hat Flügel" handelte sehr aktuell vom Terrorismus, „5 weitere Vorfälle" bestand aus Einaktern und „Als Leiche lacht man nicht!" war eine skurrile Komödie. Die ganze Sache, so nebenher inszeniert, machte viel Arbeit, doch ebenso Spaß und war ein kreatives Gegengewicht gegen das Theater in Frankfurt.

Einige Stunden vor der Vorstellung klemmte ich mir ein paar Hinweisschilder unter den Arm, um von der Hauptstraße aus die, oft mit dem Wagen von weither kommenden, Besucher zum „Theater am Wald" zu leiten, das eben am Wald, also etwas abseits lag. Eines Tages dachte ich mir, daß man von Seiten der Stadtverwaltung (Rödermark) meine Aktivitäten, die dem Image des Ortes sehr förderlich waren, damit honorieren könnte, mir ein immobiles Hinweisschild zu gönnen. Immerhin war mein Privattheater das einzige des Kreises Offenbach und dazu noch unsubventioniert, was ich auch nicht geändert sehen wollte.

Eine Gemeinderatssitzung fand statt und gegen die Stimmen von SPD, FDP und den Grünen wurde mein Antrag abgeschmettert. „Da kann ja jeder kommen.", „die ganze Richtung gefällt uns nicht." Wortführer war ein Christpolitiker namens Maurer, der bald Bürgermeister wurde und von sich sagt, daß er sich für „kulturelle Belange" besonders aktiv einsetze. Jedenfalls hatte ich dann keine Lust mehr und nach 40 ausverkauften Vorstellungen, machte ich das Theater zu.

Meine, meist unfreiwilligen, Propagandisten

Viele, viele Journalisten kreuzten meinen Weg. Ob es Skasa-Weiß (sen. und jun.) von den „Stuttgarter Nachrichten" war, der dem, was ich tat, weitgehend fassungslos gegenüberstand, Heinrich Heym von der FAZ; Helmuth Castagne von der Nachtausgabe; Stefanie Zweig von der Abendpost; der in seiner Sympathie mir gegenüber sehr schwankende Tilliger von der „Neuen Presse"; der für linke Zeitungen schreibende Adolph Meurer, der auch dann noch für die SCHMIERE kämpfte, wenn die bürgerliche Presse mich unisono ablehnte oder diskriminierte.

In den ersten Jahren meiner Agitation waren die Zeitungen meine wichtigsten Propagandisten, gleichviel ob sie mich diffamierten, sich sachlich auseinandersetzen oder – was es auch gab – überschwenglich lobten. Vielen Theaterkollegen war es unbegreiflich, daß ich von Anfang an auch die bösesten Pressestimmen veröffentlichte, sie zuweilen gar den Elogen vorzog. Meines Erachtens paßte es dazu, wenn ich mein Theater im Untertitel frech als „das schlechteste der Welt" bezeichnete. Von vielen Menschen wurde das als witzig-sympathischer Gag empfunden, während einige, so etwa die Journalistin Renate Bang, mir bei unserem ersten Interview, das sie mit mir im September 1950 auf dem Römerberg in

Frankfurt machte, sagte: „Wissen sie eigentlich, welchen hohen Anspruch sie mit ihrem unverschämten Superlativ auslösen?"

Nach einigen Jahren war es dann soweit, daß sich mein Theater in Frankfurt als populäre Merkwürdigkeit so etabliert hatte (ohne im negativen Sinne jemals „etabliert" gewesen zu sein), daß es keiner „Reklame" mehr bedurfte. Wir waren „in" und obwohl DIE SCHMIERE über die Jahrzehnte immer noch als „Geheimtip" galt, erreichten wir die höchsten Aufführungsziffern aller Repertoire-Theater in deutscher Sprache.

So manchem Journalisten gefiel dies überhaupt nicht, denn mein Theater war weder mit Verleumdungsattacken zu killen, auch nicht totzuschweigen. So mancher schmollte, weil er nicht hofiert wurde, wie er es von anderen Bühnen kannte und als ich dann die „Presse" zu Premieren nicht mehr einlud, war sie fast einmütig verschnupft. Ich empfand es stets als Widerspruch, einerseits als Satiriker alles schonungslos zu kritisieren und andererseits einen Kotau vor den Massenmedien zu machen.

„Was für ein Typ ist dieser fanatische Satiriker?"

Oft haben jene, die mich nur von der Bühne kannten, so oder ähnlich gedacht und zuweilen auch meine Kollegen befragt. Bei allem Bemühen um Selbstkritik, war ich doch nie fanatisch, sondern bemüht, aufrichtig und konsequent zu sein um möglichst nicht mißverstanden zu werden.

So wurden auch meine jeweiligen Lebenspartnerinnen manchmal befragt: „Kann man mit so einem Menschen eigentlich zusammenleben?" Ich denke, daß die Antwort jener, die mich privat kennen, meist ein Lachen war, denn ich verhehlte nie, daß ich das Leben liebe und genieße. Gibt es nach meiner Ansicht auch nur einen geringfügigen Grund, fröhlich zu sein, so ist mir das ausreichender Anlaß, ihn zu nutzen.

Ich genieße das Leben und das ist vieles:

Liebe, Natur, Alleinsein, Gemeinsamkeit, Sonne, Regen und und und. Das sind Gespräche, Spaziergänge und ganz gewiß nicht zuletzt, sinnliche Liebesspiele. Das sind Frühstück auf der Terrasse und eine Stunde vor dem Kamin. Das sind lustvolle Abendessen mit G. und der Reiz des Plauderns und Diskutierens mit ihr. Das sind die glückhaften Situationen, in denen ich die Muße finde, Aphorismen zu formulieren und Einfälle zu konzipieren. Das ist vor allem der herrliche Genuß, zu erkennen, daß sich nicht alles aufzählen läßt, was außerdem noch wert ist, genossen zu werden.

Warum ich meine Texte selbst schrieb

Oft wurde ich – zuweilen auch vorwurfsvoll – gefragt, warum ich die Texte für mein Theater alle selbst schrieb und sie keine Gemeinschaftsleistung des Ensembles wären. Eigentlich war es ein Kompliment, daß man der Ansicht war, ein satirisches Programm ließe sich einfach aus dem Ärmel schütteln. So müssen meine Texte doch recht unverkrampft gewirkt haben und nicht wie eine Arbeit. Es war gewiß nicht Eitelkeit, die mich an meinen Schreibtisch nötigte. Einmal arrangierte ich sogar einen Wettbewerb und wollte ein Programm aus Texten zusammenstellen, die vom Publikum kamen oder mir sonst übersandt wurden. 59 Autoren schickten uns ihre Produkte und es bereitete doch große Schwierigkeiten, aus dem Material etwas zusammenzustellen, das inhaltlich und stilistisch zur SCHMIERE paßte. Ich nannte das Stück „59 Köche am Brei" und obwohl ich an manchen der Amateurarbeiten feilte, war die Quintessenz, daß keines der Programme in meinem Theater eine so kurze Laufzeit hatte. Viele Kabaretts haben mich gebeten, ihnen Texte zu überlassen, weil sie keinen Autor in ihren Reihen hatten. Viele Texte wurden von Amateurbühnen frech geklaut. Die

„Pfeffermühle“ in Leipzig (damals DDR) teilte mir mit, daß jemand bei ihnen Texte angeboten habe, von denen man dort aber wußte, daß sie von mir waren. Manche Verlage brachten Texte von mir heraus, ohne mich zu konsultieren, geschweige denn ein Honorar zu zahlen. Sie beriefen sich darauf, daß sie Texte von einem anderen Verlag (der sie auch geklaut hatte) übernommen haben. Natürlich ärgerte ich mich, doch ich prozessierte nicht. Es scheint jedenfalls nicht so einfach zu sein, literarisch-politische Szenen, Chansons, Dialoge zu schreiben. Man kauft sich ein Programm zusammen. Satirische Texte werden dort wie eine Ware gehandelt.

Vieles kann ich nicht, jedoch scheint eines meiner Talente zu sein, die für meine skurrile Bühne geeigneten Texte zu schreiben. Immerhin bot ich im Laufe der vielen Jahre 55 Stücke. Daß in einem Ensemble gleich zwei sein sollen, die mit der Materie des Schreibens routiniert und kreativ vertraut sind, wäre von geradezu sensationellem Zufall.

Regieanweisung: Bitte, so falsch wie möglich!

Viele meiner Mitspieler, im Laufe der Jahrzehnte, waren keine professionellen Schauspieler. Bei der Interpretation politischer Satire ist weniger artifizielle Routine überzeugend, als daß sie aus dem Munde einer Persönlichkeit kommt. Ich habe das einmal überzogen so formuliert: Lieber ein Satiriker stottert, als daß er mit Bravour, technisch perfekt, die Texte nachplappert.

Übrigens wurde so mancher SCHMIERE-Komödiant, der als Laie kam, im Laufe der Zeit zu einem SCHMIERE-Profi. Gewiß, so mancher Aspirantin, manchem Bewerber, mußte ich den Sprung auf meine Bühne versagen, weil sie mir nicht selbstbewußt genug, nicht sicher und glaubwürdig erschienen. Bei allen, die ich für geeignet hielt, war es mein Bemühen mit ihnen als Regisseur so zu arbeiten, daß es auf meiner Bühne möglichst keine leicht erkennbaren unterschiedlichen Leistungsklassen gab. Ich weiß, daß ich aus manchem Laien

Fähigkeiten „herauskitzelte“, von denen er vordem noch nichts wußte.

Da gab es etwa Judith Arnold, mit der ich nicht nur gemeinsam auf der Bühne stand, sondern der ich auch bei Demonstrationen auf der Straße begegnete. Einmal hatte sie, frech, rittlings auf einem Stuhl sitzend, einen sehr provokanten Text zu bringen, den sie überzeugt und überzeugend interpretierte. Wenn sie dann danach von der Bühne in die Garderobe kam, war sie noch voller kämpferischer Verve und erst langsam konnte sie sich für den nächsten Auftritt vorbereiten.

Es kam vor, daß schon bei der ersten Probe – wohlgemerkt mit Laien – die Ausstrahlung so überzeugend und echt war, daß ich sagen konnte: „Genau so muß es sein! Ändern sie nichts in Sprache und Gestik! Wir proben es überhaupt nicht weiter und Sie bringen es bei der Premiere genau so wie jetzt eben.“

Mit Judith gab es einmal große Schwierigkeiten beim Umsetzen eines als Kinderlied getarnten sozialkritischen Textes. Es wollte ihr nicht gelingen, den Ton, den Ausdruck, zu finden, den es verlangte. Natürlich hätte ich es von einer Schauspielerin verlangen können, doch die war sie eben nicht. Da kam mir eine Idee: „Liebe Judith, jetzt machen wir mal folgendes: Singen Sie das Lied so falsch, wie Sie nur können!“ Überrascht schaute sie mich an und dann versuchte sie es. Der Erfolg war verblüffend! Das Publikum war begeistert, so daß dieses falsch gesungene Kinderlied zum Lieblingsauftritt Judiths wurde. Niemand wußte, daß es eine Verlegenheitslösung war. Die Leute sagten: „Phantastisch, wie die das hinkriegt!“ Und wie oft flüsterte ich ihr immer wieder kurz vor ihrem Auftritt zu: „Judith, denken Sie daran: So falsch Sie können!“

Was wollte der Künstler damit ausdrücken?

Eine Wohngemeinschaft bei Wiesbaden hatte mich eingeladen, um mit ihr zu diskutieren. Es mögen ein Dutzend Menschen gewesen sein, die in engem Raum zusammensaßen. Ich erinnere mich einer hübschen Episode. Einer der Anwesenden war Lehrer und erzählte mir stolz, daß er in jeder seiner Klassen mein Buch „Nackt" als Paradebeispiel für engagierte Satire benutze. Darin gibt es eine kurze Geschichte: Ein Mädchen, das auf der Straße mit einem roten, weißgepunkteten Ball spielt und sehr liebevoll sympathisch geschildert wird. Urplötzlich fällt sie einer Bombe zum Opfer, die ein Pilot abgeworfen hat, der nun den Rückflug antritt und sich auf seine Tochter zu Hause freut. So ist – kurz gefaßt – die Handlung. Ich wollte das gleichermaßen irrsinnige wie verbrecherische Tun im Krieg bloßstellen.

Diese Geschichte hatte der Lehrer also mit seinen Schülerinnen und Schülern gelesen und danach darüber diskutiert. Er stellte ihnen die Frage, warum der Ball des Mädchens in der Story rot war und weiße Punkte aufweise. Und nun fragte er mich, den Autor, was ich damit ausdrücken wollte. Ich denke, daß ich ihn sehr enttäuschte mit meiner Antwort: „Weil ich einen roten Ball mit weißen Punkten als fröhlich empfinde, nichts weiter."

Ich war diskret genug, nicht zu erkunden, was er mir an tiefgründiger Überlegung unterstellt hatte, als er mit seiner Klasse über den Ball debattierte.

Ach, was haben Schüler schon leiden müssen unter der Frage: „Was wollte der 'Künstler' damit wohl ausdrücken?" Und dann wird gedrückt und gedrückt und so mancher Schüler ist sicherlich tiefgründiger als sich der „Künstler" es von sich erträumt hätte.

Mit Finnen zu den Russen

1973

Es war meine erste und letzte Gruppenreise, doch waren wir die einzigen Deutschen in der ansonsten finnischen Bus-Reisegesellschaft.

Es ging für ein paar Tage von dem finnischen Städtchen Lappeenranta ins nicht sehr ferne Leningrad. Mir schien es ganz angenehm zu sein, sich in dieser finnischen Gruppe etwas tarnen zu können. Die Grenzbeamten in der Sowjetunion wurden ihrer Bilderbuchrolle als finster blickende und sture Apparatschiks vollauf gerecht. Wir waren froh, nicht mit dem eigenen Wagen gereist zu sein, denn wir sahen, wie gerade so ein Fahrzeug pedantisch gefilzt wurde. Es mußte auch über eine Grube gefahren werden, damit mit Lampen auch von dort peinlichst kontrolliert werden konnten.

In Leningrad wohnten wir in einem riesigen nüchternen Hotelkasten, in dem ein antiquierter Fahrstuhl von Etage zu Etage ratterte. Obligat auf jedem Etagenflur ein Tisch mit einer davor sitzenden weiblichen – uniformierten – Aufsichtsperson.

Das Essen nahmen wir in einem für unsere Reisegruppe reservierten separaten Raum ein. Waren wir unter Quarantäne?

Nein, es war kein ersprießlicher Aufenthalt in diesem Leningrad. Sogar die kostbaren Bilder an den Wänden der berühmten Eremitage schienen lustlos auf die Besucher zu blicken und die Aufführung eines Balletts, die wir sahen, war wohl technisch perfekt, doch ohne Inspiration, wie die Kopie einer Darbietung von vor hundert Jahren.

Die russische Fremdenführerin schaute befremdet skeptisch als ich den Wunsch äußerte, das „atheistische Museum" zu besuchen. Das war für ausländische Besucher eigentlich nicht vorgesehen, doch endlich gelang es uns, dafür die „Erlaubnis" zu bekommen. Vor dem Museum stand eine wartende Menschenschlange, an der wir jedoch vorbeigeführt wurden. Dieses Privilegisieren wunderte uns. Für mich, den Nichtgläubigen, war das, was in dem Museum geboten wurde, enttäuschend primitiv. Es war eine undifferenzierte Horror-Show mit krassen naiven grellen Darstellungen von Verbrechen der Popen und deren religiöser Organisation. Mich erinnerte das Niveau an gehässige und schreierische antisemitische Propagandaausstellungen in der Nazizeit. Ich war von diesem Kurzbesuch Leningrads tief enttäuscht und wußte, daß ich ihn in meinem Leben nicht würde wiederholen wollen. Am Ende der Reise gab es einen Eklat. Ein Soldat mußte sich an der ersten Kontrollstation verzählt haben, denn bei der nächsten fehlte angeblich ein Passagier. Mehrmals wurden wir, etwa zwanzig Personen, im Bus durchgezählt. Wir fühlten uns angesichts dieser mit Maschinenpistolen bewaffneten Soldaten denkbar unwohl. Nach langer Zeit der Ungewißheit durften wir dann aus der Sowjetunion ausreisen. Urplötzlich kam uns, nach problemloser Überfahrt der finnischen Grenze dieses Land fast paradiesisch vor.

Wollte ich „die Welt" verändern?

1978

Oft wurde ich von Journalisten gefragt: „Wollen sie die Welt verändern?" Ich war nie einfältig genug, das, was ich tat zu überschätzen. Sollte ich mir Frustration programmieren?

Stets war ich aber bemüht mit allem, was ich in der Öffentlichkeit nach dem Krieg tat, meinen Anteil an einer positiven Zukunftsgestaltung zu leisten. Die Satire war mein Mittel, mein Metier. Den Journalisten gab ich zur Antwort: „Wenn ich es durch das, was auf der Bühne gesagt wird, schaffe, daß allabendlich wenigstens e i n Besucher sich neue Gedanken macht, so hätte ich im Jahr etwa 300 Menschen erreicht. Wenn Sie als Journalist es auch bei 300 schaffen, haben wir beide schon 600 erreicht. Na, ist das was?"

Natürlich konnte ich von der Mehrheit des Publikums, das aus so unterschiedlichen Gründen in mein Theater kam, nicht erwarten, daß es geläutert nach Hause geht. In der SCHMIERE wurde nicht gepredigt, wir waren keine Sekte, sondern ein unterhaltsames agiles freches und hoffentlich nicht so arg dummes satirisches Theater. Bei jenen Konservativen, die schon in den ersten Minuten allein die lustigen Szenen goutierten und sich strikt von allen politischen Aussagen von der Bühne herunter, distanzierten, war kaum etwas zu bewirken.

Ich erfuhr aber von so mancher effektiven Wirkung, die unser Tun hatte. Eines Tages kam ein bekannter deutscher Kulturpolitiker zu mir und bekannte: „Wissen Sie Rolfs, ich bin nach meinem letzten SCHMIERE-Besuch aus der Kirche ausgetreten. Gewiß, ich wollte das schon seit langem tun, doch nun ließ es sich nicht mehr aufschieben.

Wenn das Spiel Mühe wird

Das erste Buch, das ich mir selbst kaufte, war die Biographie des italienischen Clown-Trios, den „Fratellinis". Es war die Zeit, in der ich gern Clown geworden wäre. Besonders beeindruckt war ich von der Passage, in der berichtet wurde, daß einem der Clown-Brüder ein Beil auf den Kopf geschlagen wird, was jedoch dank einer Holzperücke ohne Folgen blieb. Eines abends, so hieß es, soll er vergessen haben, die Holzperücke aufzusetzen, lag unter dem Applaus des Publikums blutüberströmt in der Manege und wurde unter Beifallsstürmen hinausgetragen.

Nein, so schlimm ist es mir in meiner Bühnenkarriere nicht ergangen. dennoch:

Kurz nach einer Nordafrikareise bekam ich eine Gelbsucht und war so geschwächt, daß ich nach jedem Auftritt in einen Sessel hinter der Bühne „fiel". Einmal hatte ich mir mein Bein verrenkt und mußte unter Schmerzen an einem Stock über die Bühne humpeln. Das Ensemble war zu klein, um eine Umbesetzung zu arrangieren, außerdem war ich als „Macher des Ganzen" die treibende Kraft der Vorstellungen und ich fühlte mich dem Publikum gegenüber in die Pflicht genommen. Die Besucher kamen oft von weither (nur ein Drittel war aus Frankfurt), da konnte man sie nicht einfach „nach Hause schicken". Politisches Theater zu machen ist etwas anderes als in einem Büro zu sitzen. Das ist keine Angabe. Der Stil meiner SCHMIERE ließ stets erkennen, daß wir keine „normale" Bühne waren, in der jeder austauschbar war.

Ganz arg kam es nach einem Zahnarztbesuch. Die Blutungen in meinem Mund schienen nicht enden zu wollen und beim Sprechen sammelte sich das Blut in meinem Mund, so daß ich zuweilen mein Taschentuch zu Hilfe nehmen mußte. Glücklicherweise lief an jenem Abend das makabre Stück „Die tote Ratte in der Limonadenflasche", bei dem die Bühne nie ganz ausgeleuchtet war. Schließlich mußte ich ein Mikrofon zu Hilfe nehmen, weil ich mich sonst nicht mehr hätte verständlich machen können.

Die Besucher werteten das alles als programmgemäßen Gag, bis in der Pause angesagt wurde, daß der zweite Teil des Stückes ohne mich – somit abgeändert – laufen müsse.

Aber auch psychische Belastungen durften nicht den Ausfall einer Vorstellung zur Folge haben. Mein Kollege Regnauld Nonsens erfüllte seinen Komikerpart, obgleich er kurz vordem vom überraschenden Tod seines Vaters erfuhr. Auch ich mußte mich disziplinieren, als unmittelbar vor der Vorstellung meine Frau mit einem Notarztwagen ins Krankenhaus gefahren wurde.

Daß man zuweilen auch mit heftigem Fieber posierte, ohne daß es das Publikum erfuhr, gehört beinahe zu den Selbstverständlichkeiten eines professionellen Komödianten.

Ich weiß, wie folgenschwer es für eine kleine private Bühne sein kann, eine Vorstellung abzusagen. Als wir einmal nicht umhin kamen, hörten wir noch nach Jahren die Frage: „Findet die Vorstellung heute statt?“

Hier war es ein Fehler nicht schwul zu sein

Mit Journalisten und Kritikern erlebte ich skurrile, skandalöse, unfaßliche, bornierte, intrigante, infame und selten erfreuliche Dinge. Ich spreche hier von deutschen und nicht von den zahlreichen ausländischen, denen ich auch in großer Zahl begegnete, denn es gab Jahrzehnte, in denen mein Theater sich im Ausland großer Aufmerksamkeit sicher sein konnte.

Wohlgemerkt, einen guten Kritiker erkenne ich nicht daran, daß er mein Tun bejubelt, ich erwarte von ihm nur, daß er fair ist, sich um Objektivität bemüht und erkennen läßt, wenn er bewußt subjektiv ist und den Standpunkt nicht verheimlicht, von dem er seine Kritik ausübt.

Ein Fall spezieller Art war Hermann K., der für DIE ZEIT schrieb. Irgendwann entdeckte er meine Bücher, zuerst meine Aphorismensammlungen, die ihm gefielen und über die er lobend schrieb. Als ich ihm mein Buch „Wundervolle Scheißliebe“ (59 Stories über Liebe) sandte, war er so angetan, daß er mir sogleich einen Brief schrieb und eine Kopie seiner Besprechung mitsandte, die in der ZEIT erscheinen sollte. In seinem Brief hob er eine Story hervor, die von zwei Homosexuellen handelte und ihn veranlasste, in Kürze nach Frankfurt zu kommen, um mich persönlich kennenzulernen.

Nun ist die Sache aber so, daß ich mit Selbstverständlichkeit Homosexualität als individuelle erotische Variante toleriere, doch selbst keine entsprechende Veranlagung besitze. Um einer Enttäuschung vorzubeugen, schrieb ich das Hermann K. Das war ein grober Fehler von mir. Außer, daß die eigentlich vorgesehene Besprechung meines Buches erheblich geändert wurde, hörte ich von ihm nie wieder etwas. So streng sind zuweilen die Bräuche.

Das Spiel mit dem Publikum

Nicht nur die Vorstellungen an sich machten mir Spaß, sondern auch der Kontakt mit dem Publikum vor und nach der Vorstellung, auch in der Pause. Natürlich erwartete man von mir, dem Satiriker, auch dann Schlagfertigkeit. Der stete Gebrauch von ihr machte es leicht. Gern half ich auch emanzipationsbemühten Frauen an der Garderobe aus dem Mantel. War ein Stoffel der männliche Begleiter, der die kleine Galanterie, seiner Partnerin aus dem Mantel zu helfen, für unnötig hielt, sprang ich gern für ihn ein und beim überraschten Dank der Dame, war meine Antwort oft: „Keine Ursache, ich helfe gern, wenn kein Herr in der Nähe ist!“

Allerdings war ich auch baff, als ich einer Dame aus dem Mantel helfen wollte und sie sagte: „Bitte nicht, ich habe nichts darunter an!“ Sicherlich stimmte es nicht, doch hübsch frech fand ich es.

Benahmen sich Zuspätkommende allzu rücksichtslos, kam von mir, von der Bühne, zuweilen: „Störe ich sehr? Wenn ich gewußt hätte, daß Sie noch kommen, hätte ich die Stunde gewartet!“ Gewiß strotzte auch diese Bemerkung nicht von Höflichkeit, doch war sie sicherlich im Sinne jener, die sich bemüht hatten, pünktlich zu kommen. Der Programmzettel kostete bei mir zehn Pfennig. Oft kam die überraschte Frage: „Wie kommen Sie denn damit auf Ihre Kosten?“ Meine Antwort: „Weil wir keine Inserate aufnehmen!“

An der Kellerwand des Zuschauerraumes hingen zwei große Karikaturen meines Freundes Kurt Halbritter, welche diverse Zuschauertypen darstellten. Da wir in einem ehemaligen Kloster residierten, waren auch zwei Mönche konterfeit. Ein wissender Besucher meinte „Karmeliter hatten aber keine braunen, sondern weiße Kutten.“ Meine Antwort: „Das sind Karamel-liter!“

Meinen Bücherkäufern gab ich die Garantie, daß ich den Kaufpreis erstatten würde, wenn sie beteuerten, sich beim Lesen gelangweilt zu haben. Mein Versprechen wurde einmal getestet. Ich gab die 9,80 DM zurück und lachend gab jener mir das Geld wieder: „Ich habe geschwindelt. Das Buch fand ich spannend!"

Als eine Dame bei einer Szene „Pfui!" rief, schenkte ich ihr eine Freikarte. Ein empörter Besucher nach der Vorstellung: „Ich werde alle meine Bekannten vor Ihnen warnen!" Ich: „Danke, das ist nett von Ihnen; wir schätzen jede Art von Reklame!"

Angesichts der niedrigen Eintrittspreise wurde ich oft gefragt: „Und wovon leben Sie?" Einmal antwortete ich: „Von solchen Fragen!" Ich fürchte, daß es nicht voll verstanden wurde. Ein halbprominenter Politiker bekam nur noch einen Platz in den hinteren Reihen. Er fragte mich: „Wissen Sie, wer ich bin?" Ich: „Das ist für Sie wichtiger als für mich!" Gewiß nicht sehr höflich und doch bemühte ich mich, nicht zu hemdsärmelig zu sein. Als ich einmal merkte, daß die Besucher eine kurze Szene nicht goutierten, ließ ich sie gleich noch einmal ablaufen. So etwas macht „man" nicht, klar! Gerade aber die Konsequenz, mit der ich Theater machte, war die Basis für die Unverwechselbarkeit. Ein Lehrer fragte mich: „Wie kommen Ihnen die Ideen?" „Sie kommen nicht, ich hole sie!"

Eine Schülergruppe kam die Treppe herunter und der „Anführer" fragte: „Ist hier die SCHMIERE?" Ich meinte: „Nein, hier ist die Alte Oper!" Da sagte der Jüngling tatsächlich: „Leute, kehrt um, wir sind hier falsch!" Nach ein paar Minuten kamen sie linkisch lächelnd wieder. Von meinem unterentwickelten Taktgefühl mag die Frage zeugen, die ich einer überaus stark parfümierten Besucherin am Eingang stellte: „Verzeihen Sie bitte meine indiskrete Frage, doch wieviel kostet ein Hektoliter Ihres Parfüms?" Ihre Antwort war bezaubernd – schelmisch fragte sie: „Ist ein bißchen zuviel heute, was?"

Es gab aber auch Äußerungen, die mich überforderten. Eine Lehrerin kam mit ihren etwa 14-jährigen Schülern und ich äußerte meine Bedenken, ob sie nicht noch etwas zu jung seien, um Satire in den Griff zu bekommen. Sie beruhigte mich: „Ich habe sie entsprechend vorbereitet. Wir haben gerade Wilhelm Tell durchgenommen!". Als ich wieder einmal einem Lehrer meine Frage stellte: „Wissen Ihre Schüler, was sie so etwa erwartet?", antwortet jener: „Ich bin nur Sportlehrer." Fast endlos könnte ich solche Episoden aneinanderreihen. Nur die Hälfte des Theaters fand auf der Bühne statt.

Als unabhängiger Kolumnist unabhängig

Als sei ich nicht mit dem Schreiben meiner Bühnenstücke und Bücher ausgelastet, schrieb ich auch noch einige Kolumnen. So bat mich auch der „Fränkische Kreis", eine Vereinigung linker Akademiker, allmonatlich die beiden letzten Seiten ihrer schlicht „Bulletin" genannten Publikation mit politischen Betrachtungen zu füllen. Natürlich sei ich „völlig unabhängig", noch dazu, da ich gar nicht Mitglied des „Kreises" war. Ich war sogleich bereit, obgleich das Honorar sehr bescheiden war. Jede Möglichkeit der Agitation, die sich mir bot, wollte ich ausschöpfen.

Wenn die Vereinigung in Frankfurt tagte, lud man mich dazu ein. So auch eines Sonntags in ein Restaurant der Innenstadt. Als ich mich dort einfand, hatte zu meiner Überraschung die Veranstaltung schon begonnen. Als ich den Raum betrat, begrüßte man mich mit den Worten: „Das finden wir wirklich gut, daß Sie gekommen sind, Herr Rolfs!" Na, das war doch nett.

Aber nach ein paar Minuten begann mir die Chose irgendwie eigenartig zu sein. Da gab es Sätze, die ich in diesem Kreise nicht erwartet hätte, die mich stutzig machten. Nach etwa zwanzig Minuten fragte ich: „Bin ich hier tatsächlich beim „Fränkischen Kreis?" „Nein, wir sind die „Deutsch-arabische Gesellschaft". Ich stand auf, entschuldigte mich und ging. Ich hörte noch den Satz: „Wir hatten uns schon gewundert!". Jedenfalls war die von mir vorgesehene Tagung ein paar Türen weiter. Dort wunderte man sich weniger über mein Erscheinen.

Einige Jahre schrieb ich noch fürs "Bulletin". Es machte mir Spaß, hier intellektuell mit Worten spielen zu können, differenzierter als in meinem Theater, weil geschriebener Text eben gelesen wird und diese Leserschaft in gewissem Sinne elitär war. Dann kam jedoch der Einmarsch der Truppen des „Warschauer Paktes" in die CSSR und die Niederschlagung der sozialistischen Reformbewegung Dubceks. Natürlich protestierte ich in meiner Kolumne gegen diese aggressive Invasion und damit überschritt ich die Schmerzgrenze des Redakteurs. Er lehnte den Abdruck ab. Für mich war eine solche Zensur stets das Ende meiner journalistischen Mitarbeit.

Doch es ereignete sich dieses:

Beim nächsten Treffen des „Kreises" bat man um meine Präsenz, denn mehrere „Bulletin"-Leser hatten einen Beitrag von mir vermißt und als sie die Zusammenhänge erfuhren, protestiert. Jetzt sollten die Tagungsteilnehmer über den Antrag abstimmen, meinen umstrittenen Beitrag doch noch erscheinen zulassen. Ich wurde gebeten, während der Abstimmung den Raum zu verlassen und konnte ihn dann wieder als „Sieger" betreten. Die Mehrheit der Anwesenden wollte mich weiterhin lesen und so wurde gegen den Willen der Redaktion meine Verurteilung des sowjetischen Gewaltaktes doch noch gebracht. Der KP-linientreue Redakteur sprach mit mir nie wieder.

Dreißig Jahre Buchmesse und jähes Ende

1955 kam Hans Gade zu mir. Er hatte ein Antiquariat nahe bei meinem Theater und war der „Erfinder" der Frankfurter Buchmesse. Ich hatte gerade ein dünnes Taschenbuch herausgebracht: „DIE SCHMIERE, das schlechteste Theater der Welt" mit Texten aus meinem Theater, Aphorismen und kurzen Stories. Ich verkaufte es in meinem Theater für 99 Pfennige. (Später erschienen zum gleichen Preis noch 8 weitere Bändchen, die als Kuriosa heute zum 50-fachen des damaligen Preises gehandelt werden.)

Also, Hans Gade fragte mich, ob ich einen Stand auf der Buchmesse haben wolle. Das fand ich komisch, denn es gab ja nur diese mickrige Broschüre. Er jedoch lachte und meinte, daß dieses keine Rolle spiele, doch vielleicht eine gute Reklame für mein Theater wäre. So kam ich zur Buchmesse. Auf dieser ersten wurden über hundert meiner „Bücher" geklaut, vielleicht auch weil man sie für „Prospekte" hielt. Auf dieser Messe hatte ich einen Stand zwischen dem „Stern"-Herausgeber Henri Nannen, der eine Reihe „Die Sternbücher" kreiert hatte und einem der größten Verlage der Welt, „McGraw Hill", der z.B. die „Pinguin-Books" machte. Bertelsmann, der als „Buchclub" firmierte, konnte damals keinen Stand auf der Messe haben, mußte vor den Toren des Ausstellungsgeländes seine Bücher in einem Bus anbieten. Heute hat er auf der Messe einen ganzen Gang gemietet, vielleicht dreißig mal mehr als ich damals hatte.

Jedenfalls war ich nun nicht nur Schauspieler, Theaterleiter, Bühnenautor, Kolumnist und engagierter Oppositioneller, sondern auch „Verleger". Einerseits machten die Zeiten so eine Vielseitigkeit möglich, andererseits weiß ich nicht, woher ich die Zeit für das alles nahm. Werbechef, Handzettelverteiler, Sekretär, Schreibhilfe, Kassenverwalter, Platzanweiser, Regisseur und Ehemann war ich „nebenher" auch noch, und ich erinnere mich gut, daß ich eigentlich doch nie im „Streß" war.

30 mal war ich auf der Buchmesse vertreten und als ich beim letzten Mal selbst einen Rundgang machte, erkannte ich , daß ich in dieser Mammutschau nichts mehr verloren hatte. Kleinverlage, – wenngleich ich inzwischen über 30 Bücher herausgebracht hatte – hatten auf dieser Messe nur noch eine Alibifunktion.

Bücher... Bücher... Bücher...

Meine Bibliothek umfaßt wohl mehr als 10.000 Bände. Gern gebe ich zu, daß ich sie nicht alle gelesen und den Inhalt der meisten, die ich las, inzwischen vergessen habe. Das ist ein gutes Alibi zum Schreiben der eignen Bücher. Man kommt nicht in Versuchung, Ideen zu klauen, einen Autor zu kopieren. Etwa 40 Bücher kamen von mir heraus. Einige in mehreren Auflagen, die meisten im Eigenverlag, was dank der Möglichkeit, sie im eigenen Theater zu vertreiben, beinahe risikolos war. Von keinem der Bücher ließ ich weniger als 5.000 drucken, was den Verkaufspreis viel niedriger machte, als er bei einem durch einen Verlag vertriebenen Titel gewesen wäre. Mit anderen Verlagen erlebte ich ohnehin meist Ärger. Da gab es einen „Mühlrain-Verlag", der mein Buch „Das Klavier auf dem Balkon" herausbringen wollte. Mir wurde das Angebot auf der Buchmesse gemacht, es gab einen korrekten Vertrag und zur nächsten Messe wurde mir der Andruck des Buchumschlages übersandt.

Das war es dann. Nie wieder hörte ich (oder mein Anwalt) von den Leuten, dem Verlagsnamen und meinem Manuskript.

Der Allein-Erzieher

1980

Viele Jahre lang mußte meine Tochter Effi mit mir als alleinerziehendem Vater vorlieb nehmen. War es erst die Krankheit ihrer Mutter, die mich dazu nötigte, so war es nach der Scheidung das Urteil der Richterin, die mir das Sorgerecht zusprach.

Ich mühte mich, die Hausarbeiten allein zu bewältigen, da ich eine fremde Hilfe unbehaglich gefunden hätte, und betätigte mich alltäglich als Koch, was Effi stets mit sicherlich nicht immer berechtigtem Lob quittierte. Für die Zeit meiner abendlichen Vorstellungen in meinem Theater engagierte ich eine „Sitterin“ und manchmal schlief meine Tochter die ersten Stunden im Auto auf dem Parkplatz an meinem Theater. An spielfreien Tagen war das Abendlied obligat. Es war stets dasselbe Seemannslied: „Winde wehn, Schiffe gehen, weit ins ferne Land und des Kapitäns allerliebster Schatz bleibt weinend stehn am Strand.“ (und dann ging es optimistischer weiter:) „Wein doch nicht, lieb Gesicht, wisch die Tränen ab und denk an mich und an die schöne Zeit, bis ich dich wiederhab.“

Eines Tages sah ich, Effi war wohl etwa dreizehn Jahre alt, daß sie mit Lippenstiftfarbe auf ihren Spiegel über dem Waschbecken geschrieben hatte: „Brauchst du Hilfe, dann gib dir deine Hand!“ Mir gefielen Gedanke und Formulierung und ich fragte sie, woher sie den Satz habe. „Das hast du in einem Buch geschrieben!“, war die Antwort. Ich muß bekennen, daß dies eines der schönsten Komplimente war, die ich in meinem Leben bekommen hatte.

Damals ahnte ich noch nicht, daß sie im Abitur über den „Aphorismus“ referieren und gar mein Theater übernehmen würde.

Das Mädchen Christine

Viele Menschen waren es, die mich aus meinem Theater oder meinen Büchern kannten und mit mir – aus unterschiedlichsten Gründen – das Gespräch suchten. Stets habe ich zugesagt, auch um zu zeigen, daß ich nicht darauf beschränkt bin, meine Ansichten von der Bühne herunter kundzutun oder in Büchern drucken zu lassen; vielleicht auch, weil jeder Mensch sich geschmeichelt fühlt, wenn er für wert gehalten wird, ins Vertrauen gezogen zu werden.

Daß mich eines Abends eine sehr junge Frau – sie war damals 16 – in der Theaterpause bat, sich mit mir einmal unter vier Augen unterhalten zu können, war durchaus nicht unüblich. Eher war es gelinde gesagt eigenartig, daß sie mich nach einer Vorstellung zu Hause bei mir sprechen wolle. Sie meinte, sonst nicht über die entsprechende Zeit zu verfügen. So kam es denn. Wir fuhren am späten Abend zu mir nach Hause, saßen vor dem Kamin und sie sprach und sprach. Und ich hörte gut zu und schrieb eines Tages für mein Buch „Feuer" diese Geschichte, die nur gelinde verfremdet ist.

Dank Christine. Danke, Christine!

Ich begann „Hausbesuche" zu machen

1982

Da kam mir die Idee für eine weitere Version der Agitation. Ich legte den Programmzetteln im Theater einen Hinweis bei, daß ich mich – natürlich kostenlos – bereit fände auf Wunsch „Hausbesuche" zu machen und stellte allerdings zur Bedingung, daß es mindestens ein Dutzend Teilnehmer sein müßten, damit es sich „lohne", einen Sonntagnachmittag oder meinen spielfreien Montag zu opfern. Der Erfolg war verblüffend.

Ich erinnere mich, daß ich in einem Single-Club mit den Mitgliedern sprach, mit SPD-Frauen in Aschaffenburg, mit den Angehörigen einer schlagenden Verbindung ebenso wie an der Universität in einem evangelischen Seminar. Ich unterhielt mich mit den Mitgliedern eines DKP-Ortsverbandes, wurde zum Geburtstag einer SCHMIERE-Besucherin gebeten, kam zu einem Sportverein, einem Jugendclub und einer Freimaurerloge. Ich las aus meinen Büchern, referierte über mein Theater und diskutierte über aktuelle Themen. Es war eine zwar zeitraubende, doch wirkungsvolle Möglichkeit, das, was ich am Abend auf die Bühne stellte, transparenter zu machen. Wie ich das alles neben meinen Aktivitäten zeitlich unter einen „Hut" brachte, verstehe ich heute nicht mehr. Jedenfalls empfand ich es nie als Streß, der seit jeher meinem Wohlbefinden abträglich gewesen wäre.

Meine Dummheit hat auch ihre Vorteile

Viele Menschen, besonders die, denen ich im Ausland begegne, betrachten mich mit Skepsis, wenn ich bekenne, daß ich keine Fremdsprache spreche, geschweige denn „beherrsche“. Nein, sogar „Englisch“ ist mir fremd, obgleich es heute Überlegungen gibt, diese Sprache Kindergarten-Kindern zu oktroyieren. Da es doch so viele Deppen gibt, die mindestens in einer Fremdsprache plappern können, sollte es bei mir doch nicht allein an meiner Einfalt liegen, so „unwissend“ zu sein. Patriotismus kann man bei mir ohnehin ausschließen. So liebe ich es zum Beispiel, wenn meine Geliebte in ihrer Muttersprache, dem so wohlklingenden Französisch, spricht. Ich bedaure, mit ihr nur in meiner Sprache, die sie allerdings mit verblüffendem Wortschatz souverän beherrscht, verbal kommunizieren zu können. Wahrscheinlich bin ich einfach zu faul oder aber es sind die Nachwehen der gehaßten Griechisch-, Latein- und Französisch-Stunden in der Schule.

Manche Philosophen jedoch geben mir Rückendeckung, indem sie nicht nur erklären, daß das Beherrschen einer Fremdsprache durchaus kein Zeichen von „Bildung“ sein muß, sondern man die wesentlichen Gedankengänge in der Muttersprache vollzieht, daß Fremdsprachen-Kenntnisse sogar von gezieltem kreativ-schöpferischen Denken ablenken können. Hurra! Verbindlichen Dank für dieses Alibi!

Durch viele Länder reiste ich, oft allein, und kam mit meiner Sprache aus. Auch bei immerhin 30 Finnland-, ebensoviel Italien- und Frankreichreisen fand ich in meiner Sprache Unterkunft und selten kam nach der Bestellung per Speisekarte etwas anderes als ich erwartet hatte, gleichviel, ob es in der Türkei, im Libanon, in Griechenland, Portugal, Algerien, Tunesien, Ägypten, Estland, Norwegen oder sonstwo war.

Ich schäme mich nicht, wenn auch mancher an meiner Intelligenz zweifeln mag. Wie viele schöne Dinge habe ich in jener Zeit gemacht, die ich für das Erbüffeln einer anderen Sprache benötigt hätte? Bin ich im Ausland im Lokal, genieße ich es oft, die anderen Gäste nicht zu verstehen.

Die Finnen in meiner Nähe

Jahrzehnte sind es nun schon , in denen ich meine Sommer in Finnland verbringe. Da auf der Insel außer mir und (zuweilen) meiner Freundin niemand wohnt, sind meine Kontakte spärlich und beschränken sich auf kurze Begegnungen und, da ich nur wenige Worte Finnisch kann, gab es Gespräche nur mit jener Frau, welche – solange sie bestand – die Poststelle im 5 Kilometer entfernten Ort Utula, auf dem Festland, innehatte. Sie war vordem Lehrerin der Grundschule und spricht gut Deutsch. Von ihr erfuhr ich, daß mich dort alle kennen würden, die in einem der vielleicht 40 Häuser wohnen. Ich bin dieser deutsche Schriftsteller, der in Frankfurt ein kleines Theater haben soll. Spätestens durch einen Artikel über mich in der lokalen Zeitung „Etelä Saimaa" wurden sie ins Bild gesetzt. In der mobilen Bibliothek, die in einem Bus etabliert ist, der turnusmäßig von Ort zu Ort fährt, sind ein paar Bücher von mir eingereiht, für jene, die mit der deutschen Sprache umgehen können. Frau Hupponen, die Verwalterin des kleinen Museums in Ruokolahti gehört zu ihnen und sie erzählte mir, daß das Buch „Ich mal Ich", das vorwiegend in Finnland, ja sogar auf Lintusaari, spielt, von ihr bereits zweimal ausgeliehen worden sei. Ihre Tochter, eine begabte Amateurfotografin, schenkte mir ein Foto „meiner Insel", das sie vom Flugzeug aus aufgenommen hatte. Der Taxifahrer Karhu (was „Bär" heißt), der um Utula herum die Post ausfährt und somit meinen Briefkasten, der der Insel gegenüber an einem Baum hängt, bedient, erzählte, daß mein „Image" sehr positiv sei. Man fühle sich „geehrt", daß ein Mitteleuropäer, der es doch so nah habe zu „südlichen Reisezielen" mit der Regelmäßigkeit des Aufenthalts ihrem Lande soviel Sympathie zeige. Ich erfuhr auch, daß man mich die „deutsche Schwalbe" nenne, weil ich ihnen stets den Sommer mitbringe, und sie meine Abreise traurig als untrügliches Zeichen dafür nähmen, daß es nicht mehr weit zum Winter sei. Als ich wieder einmal eintraf, soll jemand über mich gesagt haben: „Der Deutsche ist wieder nach Hause gekommen."

Als vor Jahren mein Autoradio geklaut wurde, brachte es mir die Polizei nach ein paar Wochen wieder. Der potentielle Täterkreis war überschaubar. Bei meinem Auto, das ich auf dem Festland gegenüber der Insel parke, verlor ich meinen Boots- und Blockhausschlüssel. Als ich mit dem Wagen zurückkam, hing er an einem Ast des Baumes, vor dem ich immer parke. Damit ich das auch gleich erkenne, war ein Stück weißen Kartons daneben befestigt. Ich weiß nicht, wer es war, der sich so freundlich zeigte. So konnte ich nur auf den Karton schreiben: „Kiitos! 1000 mal Kiitos!!" (Kiitos heißt natürlich „Danke!")

Die Steuerfahndung kam

Eines Tages kamen, natürlich unangemeldet, zwei Männer, die sich als Steuerfahnder auswiesen. Ich hätte mich eigentlich geehrt fühlen sollen, daß das Finanzamt bei einem „SCHMIERE"-Direktor irgendwelche versteckten Kapitalien vermutet. So wollten sie denn auch nur wissen, wovon ich denn angesichts der mitleiderregenden Steuererklärung lebe. Im Grunde genommen war es doch sehr lieb, sich um mein Wohlergehen Sorgen zu machen. Das war mir bisher, besonders behördlicherseits, noch nie passiert. Bereitwillig gewährte ich den Leuten Einblick in alle erreichbaren Unterlagen. Ich konnte den Fahndern versprechen, daß sie die Ersten waren, die ein so intensives Interesse für mein Budget zeigten. Bisher kam die Frage, ob man denn „davon leben" könne, von denen, die mich honorieren, den Besuchern meines Theaters und Lesern meiner Bücher. Angesichts meiner horrend niedrigen Eintritts- und Buchpreisforderungen stellte sich tatsächlich die Frage nach der „Wirtschaftlichkeit". Vielleicht war es so, daß ich für Drei emsig war und wie ein

Halber verdiente? Ich weiß es nicht und wußte es auch damals nicht konkret.

Zwar wohne ich in einem eigenen Haus, doch ist es sicherlich bescheidener möbliert als die Wohnungen der prüfenden Beamten. Sie nahmen also die Belege mit und haben sie in ihrem Büro unter die Lupe genommen. Nach zwei Wochen kamen sie zu einem erneuten, kürzeren Besuch, brachten die Papiere zurück und entschuldigten sich mit den Worten: „Sie sind sicherlich nicht mit den üblichen Maßstäben zu messen, denn sie setzen ihre Lebensakzente eigenwilliger als die meisten." Vielleicht haben sie damit nicht einmal Unrecht? Ich weiß nur, daß ich nicht mehr Geld haben will, als ich brauche, meinen Erfolg nicht an der Höhe meines Bankkontos messe, und wie schon erwähnt, von keinem öffentlichen Amt je Subventionen annahm. Als die beiden Beamten sich verabschiedeten, wollte ich ihnen eines meiner Bücher schenken.

Das wollten sie nicht annehmen, sondern zahlten dafür den regulären Preis von 6,00 DM. Ich denke, davon lebe ich.

Sie durften sich leider nicht kriegen...

1985

„Freitag, 21 Uhr: Berlevag" schrieb ich in diesem Jahr. Dieser Roman ist längst vergriffen. Ich schrieb ihn auf Pien Lintusaari (Kleine Vogelinsel) in Finnland. Viele Bücher schrieb ich dort, doch mit diesem war es anders. Als ich zum Ende des Buches kam, war es August und da werden die Nächte schon bedeutend dunkler und da ich bei Kerzen- oder Petroleumlicht nicht schreiben mag und es elektrisches nicht gibt, sprach ich den Text aufs Band, um ihn am Morgen ins Manuskript zu übertragen. Die beiden von mir geschaffenen Hauptfiguren des Buches, ergaben ein sehr sympathisches Paar. Ich habe dieses Paar von Tag zu Tag mehr geschätzt, doch ein Happyend war aus stilistischen, dramaturgischen und auch politischen Gründen nicht möglich. So kam es zu einem Buchende, von dem ich wußte, daß es die Lesenden unbefriedigt ließ. (Nein, gestorben sind sie nicht. In meinen Romanen spielte ich nie mit diesem drastischen Effekt.). Ich will zugeben: Als ich das Ende des Buches, das ich also auf Band gesprochen hatte, morgens abhörte, kamen mir die Tränen. Menschenskind, ich hatte diese Figuren doch erfunden, sie gab es doch so nicht und dennoch. Ich denke, es ist gut, wenn einem Autor so etwas passiert.

Wie ich mir mein Publikum ertrommelte

1950-1989

Daß der Erfolg meines Theaters nicht zuerst mit dem zusammenhing, was wir boten, war logisch. Wie sollten die Leute erfahren, ob wir „gut" seien, wenn sie nicht die Neugierde hatten, das herauszukriegen?

Mein wirkungsvollster Anfangsgag war es wohl, mein Theater „SCHMIERE" zu nennen und ihm den Untertitel „das schlechteste Theater der Welt" zu geben. Das machte die Menschen stutzig, viele lachten darüber und empfanden schon, bevor sie bei uns waren, eine gewisse Sympathie. Das jeder der Größte, Dollste, Beste sein wollte, war bekannt, doch, wenn jemand von sich behauptete „der Schlechteste" zu sein, war das provokativ. Drei Wochen lang verschenkte ich im Zentrum Frankfurts die Eintrittskarten. Viele hundert. Da das Theaterangebot damals noch karg war, wurde wahrhaftig jede zweite dieser Freikarten genutzt. Ich scheute mich auch nicht, mit meiner „Melone", dem schwarzen Pralinée-Hut, der später zum meistfotografierten Hut Frankfurts wurde, kurz vor der Vorstellung die SCHMIERE anzupreisen und erstaunlicherweise angelte ich mir damit jeweils eine kleine Schar von Passanten, die dann mit mir zu meinem Theater am Römerberg marschierten. Die Zeiten waren so.

Einige Tage lang konnte ich – bevor die Polizei merkte, daß sie das verbieten müsse – meinen großen Thespiskarren, den

Bauwagen, in dem ich lebte und der in großer Schrift eine Plakatwand für den Theatermann bot, dem Rathaus gegenüber, auf den Römerberg stellen. Alltäglich verteilte ich im Zentrum Handzettel und wurde dafür ein paarmal „vorläufig festgenommen", weil dies einer Genehmigung bedürfe. Einmal aktivierte ich einen Pressefotografen, der dann mit diesen Bildern eine wirkungsvolle Publikation machte.

Die ersten Taschenbücher, die ich in hoher Auflage herausbrachte und die primär SCHMIERE-Texte enthielten, kosteten 99 Pfennig. Ich wollte, daß die Besucher etwas mit nach Hause nahmen, das als Kuriosum Freunden gezeigt wird und wieder neue Gäste produziert.

Dann kam ich auf folgende Idee: Die Eintrittspreise konnten innerhalb eines Monats noch einmal als „Freikarte" benutzt werden, wenn man einen für sich zahlenden Besucher mitbrachte.

Die Freiheit des Alters

1989 - 2004

„Ich genieße die Freiheit, die ich durch die Abgabe meines Theaters an Tochter Effi habe, sehr. Ich habe gelernt, das Alleinsein zu schätzen, besonders weil ich freiwillig allein bin und, dank der prächtigen Gilberte, es nicht sein muß."

Der Einzige, der wollte, daß ich aufhörte, war ich!

1989

Gewiß, es war ungerecht, wenn ich jenen gegenüber schroff war, die mir nicht glauben wollten, daß ich nach meiner 39. SCHMIERE-Spielzeit aufhören würde. Sie meinten, daß es für sie nicht vorstellbar sei, daß ich „es lassen könnte", auf der Bühne zu agieren. Nein, ich wollte nicht zu jenen Bühnenmenschen gehören, die drohen: „Ich spiele, bis ich umfalle!" Will das Publikum noch einen Komödianten sehen, der sich, altersbedingt, krampfhaft Konstitution vorführend, über die Bühnenbretter schleppt? Wenn die einstige Hochschätzung des Mimen nun zur zweifelhaften Bewunderung wird: „Daß der das in seinem Alter noch so schafft!", wollte ich aufhören, solange ich tatsächlich noch fit war. Ich wollte lieber gefragt werden: „Warum hören Sie auf?", als dann eines Tages gefragt würde: „Warum hört der nicht auf?" Ich habe in meinem Theater 11.153 Vorstellungen gespielt. Eine schier wahnsinnige Zahl, so denke ich. Nein, ich war auch nicht der Resignierende. Bis zum letzten Tag war ich mit Leib, Psyche und Kopf mit dem verbunden, was ich tat. Schließlich war ja alles meine Idee, ich schrieb die Texte, inszenierte, spielte selbst mit und stand jederzeit Rede und Antwort. Dennoch wollte ich mein Leben nicht allein mit der Bühne verkuppelt sehen, wie so mancher Schauspieler, weil er kein sonstiges individuelles Lebenskonzept hat.

Es war eine spektakuläre letzte Spielzeit. Die Vorstellungen waren fast alle vier Wochen vorher ausverkauft. In der letzten Vorstellung war kein Platz frei für einen Journalisten und so mancher hatte sich bemüht, Augenzeuge des Kehraus zu sein, vielleicht mir noch einen Nekrolog zu schreiben, mir nachzurülpsen. Nach dieser Vorstellung gab es nicht mehr oder weniger Applaus als sonst, keine Rede wurde gehalten, noch nicht einmal mit Blumen beerdigte man mein Bühnenleben.

Es begann eine wundervolle Zeit! Nun war ich Mensch, nichts weiter als ein sehr freier, nach vorn lebender, optimistischer Mensch, der nach eigenem Gusto viel Zeit dort verleben würde, wo er sich wohlfühlt, mit viel, viel Zeit für das Dollste, was es gibt, die Liebe. An sie, somit an mich und meine Partnerin, stelle ich den Anspruch, die ideale Liaison zu erleben.

Zehn Tage Glück mit A.

1992

Ich sah sie einige Male mit meiner Tochter Susanne, die ihre Freundin war. Sie gefiel mir gut. So fragte ich sie, ob sie Lust habe, mich auf der Insel in Finnland zu besuchen. Nein, nein, ich meinte es nicht doppelbödig. Ich hatte keine Hintergedanken. Sie war etwas über 30, viel zu jung für mich und ich zähle nicht zu den Männern, die im Alter ihre Attraktivität mit möglichst jungen Frauen bestätigt sehen wollen. Oft dachte und denke ich auf der Insel, wie ungerecht es doch ist, nicht auch andere an der Schönheit des Lebens dort teilhaben zu lassen.Es ist allerdings sehr heikel, jene Menschen zu finden, die zu so einem Leben in der Lage sind und es zu schätzen wissen.

Jedenfalls, lange danach, rief mich eines Tages A. an, ob ich meine Einladung tatsächlich ernst gemeint habe. Sie kam mit dem Flugzeug auf dem kleinen Airport in der Provinzstadt Lappeenranta an. Sie war traurig, eher sentimental. Sie sprach über den Abschied von ihrem Freund am Flughafen in Frankfurt, der so überaus herzlich gewesen sei. Ich dachte schon, einen Fehler begangen zu haben mit meiner Einladung, daß es wohl sehr trübsinnige Tage für meinen Gast auf der Insel sein würden und meine Hauptbeschäftigung darin bestehen würde, Trost zu spenden. Dem war aber nicht so. Die neuen Eindrücke verdrängten ihre vorgestrigen Gedanken. Wir fuhren mit dem Boot, gingen auf der Insel meine Trampelpfade, sprachen viel miteinander, aßen gemeinsam und schliefen selbstverständlich getrennt. Sie in dem von mir in der Sauna provisorisch bereiteten Bett, ich in der Schlafkoje. War es am dritten oder vierten Abend, da geschah dies: Ein Gewitter kam und ich sagte ihr, daß sie an die Holzwand klopfen sollte, wenn es ihr zu unheimlich wäre... Sie kam zu mir ins Bett... Es war ein Intermezzo. Sich an 10 Tage Glück lustvoll erinnern zu können, ist von unschätzbarem Wert. Vielleicht einem größeren, als es eine langdauernde Allianz gewesen wäre...

und dennoch bin ich kein Therapeut

Finnland 1993

Wieder einmal tuckerte ich mit meinem Boot von der Insel rüber zum Festland, wo an einer Kiefer, weitab jeder Ortschaft, mein Briefkasten hängt. Diesmal stand dort ein Auto, sein Besitzer auch. Er sprach mich, was mich beim Erkennen des Autokennzeichens nicht verwunderte, an, nannte seinen Namen und sagte, daß er auf mich „seit gestern" gewartet habe. Er mache mit seiner finnischen Frau in ihrem Heimatort, etwa 100 Kilometer von hier entfernt, Urlaub. Er fragte mich, ob ich für ihn Zeit hätte. Natürlich! Also nahm ich ihn im Boot mit nach „drüben".

Bei der Überfahrt sagte er dann, daß er Lehrer sei, mein Buch „Rost im Chrom" gelesen und daraufhin beschlossen habe, daß ich der richtige Mensch sei, mit dem er sprechen könne. Er habe Probleme: Mit der Liebe, der Partnerschaft und überhaupt.

Auf der Insel, im Blockhaus angelangt, redeten wir miteinander. Stundenlang. Fast zwei Tage, denn er übernachtete in der Sauna.

Ich bin kein Psychotherapeut, habe jedoch in meinem Leben unzählige Menschen getroffen und viele von ihnen kennengelernt, diverse, zeitlich und auch sonst unterschiedliche, Partnerschaften praktiziert und aus diesen Erfahrungen so manche Erkenntnis gewonnen. Ob ihm unser Gespräch dienlich war, weiß ich nicht, wenngleich er es beteuerte. Kurz bevor wir uns verabschiedeten, sagte er: „Jedenfalls werde ich einen Satz von Ihnen noch lange im Ohr haben: „Ich hatte da mal eine Freundin..." Ja, tatsächlich ziehe ich bei Gesprächen über amouröse Beziehungen das erlebte Beispiel theoretischen Hypothesen vor.

Ich weiß, daß die drei Kilometer zwischen Insel und Festland manchen daran gehindert haben, mein Alleinsein zu unterbrechen. Es waren jedenfalls mehrere, die nur bis zum Briefkasten kamen, was diverse Zettel-Grüße bestätigen.Ich war ja auch leichtsinnig, daß in meinem Roman „Ich mal Ich" (Lintusaari) eine Lageskizze „meiner" Insel enthalten war. Der Roman ist doch schon lange vergriffen, wird er zuweilen immer noch gelesen?

Ohne die Frauen hätte sich das Leben nicht gelohnt

Nein, ich werde nicht von allen Frauen, denen ich mehr als nur "begegnet" bin, sprechen, doch jede war wesentlich. Frauen spielten stets eine sehr wichtige (die wichtigste?) Rolle in meinem Leben. Manche eine kleinere, andere eine sehr große. Keine war Statisterie! Das hing nicht von der Dauer der jeweiligen Liaison ab, keine von ihnen habe ich vergessen! An die meisten Frauen, mit denen ich liebte, denke ich gerne zurück. Jede Frau ergänzte meinen innigen Wunsch, die weibliche Psyche kennen zu lernen. Nach meiner ersten Ehe, die, wie ich an anderer Stelle schrieb, aus der Panikstimmung der letzten Kriegstage und dank meiner jugendlichen Unerfahrenheit von „heute auf morgen" geschlossen wurde und sieben Jahre währte, schwor ich mir, nie wieder zu heiraten, und dennoch kam es zu einer zweiten Ehe, die zwei Jahrzehnte hielt. Ich „mußte" heiraten, wenn ich mit Renate R. zusammenleben wollte, denn sie war 17 und ich 18 Jahre älter. Seinerzeit wäre es höchst unmoralisch gewesen, ohne Trauschein ein solches Verhältnis zu haben. Sie war schön, sie war intelligent, sie wollte Schauspielerin werden und ich liebte sie.

Ich war in meinem Leben stets monogam, auch psychisch, denn jede Frau war „die" und währenddem keine sonst. Leider war in dieser Ehe nur meine Einstellung so. Bei ihr dachte ich: „Nun ja, sie ist siebzehn, und das dachte ich dummerweise noch, als sie 27 und 37 war."

Die Allianzen, die ich zwischen den beiden Ehen und danach hatte, waren alle viel wesentlicher, als es Freunde von mir einzuschätzen bereit waren. Ich war mein ganzes Leben lang nie auf der Suche nach „Affären", sondern nach einer Partnerin, nach DER Partnerin. Ich ironisierte es mit dem Satz: „Man lebt nur einmal... höchstens!" und ich wollte die für mich ideale Frau finden, jene, die zweifelsfrei zu mir paßte. Außenstehende, die mich als „Casanova" einstuften, sahen mich und meine Beziehungen falsch. Ich denke es mit meiner jetzigen, der letzten Wahl meines Lebens, zu beweisen.

... auf diesem „ungewöhnlichen" Wege...

1990 - 1996

Nun also hatte ich, nach der Aufgabe der Bühnentätigkeit, mein Leben so organisiert, daß ich das Frühjahr und den Herbst in Italien verbrachte und den Sommer auf der Insel in Finnland. Klimatisch die geschickteste Lösung für einen Europäer, so meinte ich. So gut ich mit mir allein zurecht komme – und wie sonst ist die Chance größer, sich wahrhaftig frei zu fühlen –, brauchte ich stets das „weibliche Element", sei es als kurzfristige Liebelei, als Episode, die über Monate währte, oder als wesentliche, unbefristete Partnerschaft. Ich suchte, fand vorübergehend, suchte wieder... Das war für mich nicht einfach. Gewiß, in meinem Theater hätte ich unter dem Publikum mit Sicherheit jene Frau gefunden, mit der ich hätte Kontakt knüpfen können, doch das war vorbei, und was die Chose erheblich erschwerte, die meiste Zeit lebte ich im Ausland, wo es für mich mangels guter Sprachkenntnisse ungemein schwer war, eine Partnerin zu finden. Also versuchte ich es mit einer Kleinanzeige in der Tageszeitung. Nüchtern formuliert und sehr gezielt auf jene Frauen gerichtet, die ich ansprechen wollte. Das Echo war überraschend positiv. Ich absolvierte diverse Rendezvous, die logischerweise meist enttäuschend waren. Ich führte viele Telefongespräche mit unterschiedlichem Effekt. Dann kam ich auf die Idee, eines meiner gedruckten „Tagebücher" ('Heute, wann war das?') zu übersenden. Manche Damen waren erbost, weil sie mit einem solchen Typ nichts zu tun haben wollten, andere machte es neugierig. Dies und das half mir weiter. So kam es zu einer netten Freundschaft mit der Floristin L., einem Intermezzo mit der Krankenschwester A. und dann einer Jahre währenden Partnerschaft mit der Sängerin H., die jedoch endete, als ich erkannte, daß ich von ihr psychisch und materiell ausgenommen wurde. Nun, das kann auch jedem passieren, der seine Partnerin auf konventionellerem Wege kennen lernt. Endlich kam es zu dem großen „Clou"... Ich lernte G. kennen: „Meine letzte Geliebte". Es war ein wundervolles Rendezvous zweier Menschen, die sich von den ersten Augenblicken verstanden, das abrupt zu einer wundervollen Liebe führte, eine spielerische und doch wesentliche Allianz mit dem höchsten Maß von gedanklicher und amouröser Übereinstimmung... G., die Initiatorin dieses Buches!

Meine letzte Geliebte

1997- 2003

2. Januar 1997: „So sehr ich das Alleinsein genießen kann, eine weibliche Bezugsperson brauche ich immer und Erotik ist für mich der Inbegriff der Hochgefühle. Das Problem: Wie komme ich zum Kontakt mit einer Frau?"

Ich will lieben und leben, liebend leben, auch mit allen sinnlichen Konsequenzen und die Tage verrinnen, obgleich sie doch sichtbar schmelzen. Wie schwer ist es doch, eine Partnerin zu finden, die mit schöner Selbstverständlichkeit ebenso viel Herzlichkeit und Bereitschaft hat, wie ich sie demonstrativ und ehrlich offeriere. Ich will nicht verstehen, daß das schwer sein sollte. Die Menschen stehen sich selbst im Weg und erkennen nicht die alles überragende Bedeutung der Liebe in jeder Hinsicht.

Mitte Januar 1997 inserierte ich in der „Rundschau": „Autor, erhofft intelligente, agile, unabhängige Partnerin (zw. 50 u. 60)".

Nun kam zu mir zum Tee Gilberte, eine Belgierin, in Marburg wohnend! Der Tee wurde zum Abendessen und einigen Minuten am Kamin. Wir trennten uns um 9 Uhr morgens mit dem Versprechen, uns am Wochenende (es war Montag) wieder zu sehen. Ich schrieb verliebte Briefe und Tagträume von dieser mich so sehr ansprechenden und beeindruckenden Frau, die nach viel Liebe, in jeder Hinsicht, verlangt. Werden wir miteinander zu einer Liaison kommen? Ich wünschte es sehr!

Ja, Gilberte ist es! Nun waren wir schon vier Tage (und drei Nächte) im Elsaß und es war paradiesisch schön! Unsere Liebe ist von einem bisher so nicht gekannten Gleichmaß.

Ich schicke ihr jeden Tag einen Brief, sie mir Karten mit leidenschaftlichem Text. Wird die Liebe zu und mit Gilberte mir nun das bringen, wonach ich mich zur letzten Etappe meines Lebens gesehnt hatte? Sie ist 24 Jahre jünger als ich, was jedoch zur Zeit keine besondere Rolle zu spielen scheint. Wird sie nun die letzte Frau meines Lebens sein? Sie bekennt sich, ebenso wie ich, voller Leidenschaft zu unserer Liebe. Eine neue Epoche meines Liebeslebens hat begonnen. Meine Erwartungen und Hoffnungen sind hoch! Sie hat schon die Fahrten nach Italien und nach Finnland eingeplant. Es wird phantastisch schön werden!

Wir waren zusammen in der Maremma und es war – ohne Einschränkung – wundervoll!

Gilberte ist fröhlich und ohne Launen. Mit ihr war es eine herrliche Zeit!

1998. Bald bin ich ein Jahr mit Gilberte zusammen und nichts trübte unsere Harmonie. Wir waren miteinander in Finnland und erneut in der Maremma. Es waren für Gilberte die bisher ausgedehntesten Reisen; sie zeigt in zärtlicher Weise sehr offen ihre Liebe. Ich fühle mich sehr glücklich! Wie stets plane ich die Unternehmungen des Jahres zu seinem Beginn. Die Portugalreise im Februar 98 war zwar von schlechtem Wetter geprägt, doch sehr reizvoll. Wir wollen dort wieder hinfahren. Mitte Juni wird Finnland an der Reihe sein. Es ist schön, mit ihr zusammenzusein. Sie meinte mehrere Male, daß sie sich in ihrem Leben noch nie so frei gefühlt habe und betont sehr, daß ich mich ihr gegenüber sehr einfühlsam verhalte. Sie ist von einer natürlich lustvollen Erotik, in der wir uns, so oft es nur geht, körperlich treffen.

1999. Nun kennen wir uns seit über 1000 Tagen! Noch immer ist alles uneingeschränkt liebevoll! Alle, die ihr in meinem Beisein begegnen, mögen sie wegen ihrer offenen, ehrlichen, direkten, verbindlichen Art! Wir denken beide, daß wir dieses Leben miteinander bis zur Neige mit dem Gefühl absolvieren, daß es ein Glück ist, daß wir uns getroffen haben. Wenn wir nicht zusammen sind, halten wir lebhaften Kontakt per Telefon und Post. Es ist schön, mit Gilberte zu lieben!

2003. Wie anders ist mein „Liebesleben" durch Gilberte geworden! Wenn wir nicht gemeinsam unsere Reisen machen, besucht sie mich in Waldacker hin und wieder, was immer wie ein kleines Fest ist! Ich denke, daß man unser Verhältnis als „ideal" bezeichnen kann, sofern man von unserem Altersunterschied, den wir beide bedauern, absieht. Uns trennen 24 Jahre! Sie hat ein jugendliches Wesen, ist für jedes Thema offen, geht mit vollen Segeln auf ihren Partner ein und möchte mir stets gut tun. Ich schreibe ihr viele, viele Briefe und sie mir meist originelle Postkarten, auf denen sie nie ein Herzchen einzuzeichnen vergißt. Stets ist es spontan und nicht Routine. In ein paar Tagen sind wir immerhin schon sechs Jahre zusammen und es ist schön – nein, schöner als am ersten Tag!

Leider habe ich Schwierigkeiten mit den Beinen, die beim Gehen und längeren Stehen schmerzen. Ausgangspunkt sind zweifelsfrei die Hüften. Ich bin sehr darum bemüht, daß ich von Gilberte nicht „gepflegt" werde. Sie soll meine Geliebte, nicht meine Pflegehilfe sein!

Ich habe für die nächste Zeit eine Kur beantragt, doch wollen wir Mitte März wieder in die Maremma fahren. Wir freuen uns auf das Leben in Italien, das Miterleben des Frühlings dort und die vielen Tage glückvoller Gemeinsamkeit! Beide sind wir überzeugt, daß das Ende unserer wundervollen Liaison von Bio-Logik bestimmt sein wird. Daß ich mich noch einmal für eine andere Frau engagieren werde, ist beinahe undenkbar und das nicht nur aus der Perspektive des Alters!

Was für ein herzliches, liebevolles Leben mit Gilberte! Wenn wir nicht zusammen sind, turteln wir täglich am Telefon. Es gibt nie Auseinandersetzungen, weil wir beide unsere Harmonie so hoch zu schätzen wissen und mein Alter eine gewisse „Reife" doch vermuten lassen sollte. Es ist tatsächlich eine ideale Partnerschaft und ich bin glücklich, daß es zu ihr noch kommen konnte. Über sechs Jahre sind wir jetzt miteinander verbunden und konstant ist es eine so wunderbar leichte, spielerische Version von doch so selbstverständlich erscheinender Liebe.

Sprechen wir über Schönheit

Für einen meiner „Salon d'esprit"-Sonntage hatte ich das Thema: „Was erwarte ich von meinem Partner, meiner Partnerin?" gewählt. Wie meist gab es eine lebhafte Auseinandersetzung. Nach einiger Zeit fragte mich eine der Anwesenden, welche Eigenschaften ich von meiner Partnerin für erstrebenswert halte. Meine Antwort: „Intelligenz, Selbstbewußtsein und Charme". Darauf jene Dame: „Interessant, daß sie nicht 'Schönheit' mit aufgezählt haben." Ich reagierte: „Wenn eine Frau intelligent, selbstbewußt und charmant ist, ist sie damit „schön". Aber sie gab sich nicht damit zufrieden und konterte: „Herr Rolfs, sie waren aber mit einer sehr schönen Frau verheiratet." Ich zögerte einige Sekunden, ob ich das antworten sollte, was mir auf den Lippen lag. Dann sagte ich es: „Sehen sie, und deshalb sehne ich mich nicht mehr nach einer Frau, deren Hauptvorteil darin besteht, 'schön' zu sein, wie man es allgemein versteht!"

Ja, mich fasziniert die äußere Schönheit einer Frau. Doch wie oft schmilzt sie, wenn man sich ihr genähert hat, wenn sie spricht, wenn man mit ihr Nächte, Tage und möglicherweise Jahre erlebte. Viele Gedanken machte ich mir über die „Schönheit". Dies sind zehn von ihnen:

- Sie ist eine sehr schöne Frau, doch niemand sieht es.

- Wenn sie doch nur nicht wüßte, wie schön sie ist.

- Nichts wissen die Leute von der Schönheit meiner Geliebten, wenn sie nicht an meiner Stelle waren.

- Schönheit, eine charakterliche Herausforderung.

- Es gibt auch unter den wenigen „schönen" Frauen sehr schöne!

- Für das, was sie für Schönheit hält, benötigt sie eine ganze Stunde.

- So schön, wie sie ist, ist sie nicht.

- Wer maßt sich an, Schönheit messen zu können?

- Ich mache mir keine Gedanken darüber, ob du schön bist, weil es mit dir wunderschön ist!

- Als der Blinde sagte: „Eine sehr schöne Frau!", machte ich mir viele Gedanken.

Mit der Musik ist das bei mir so

Es ist wie mit der Malerei. Ich „verstehe" nichts von ihr, doch schätze sie vielleicht gerade deshalb. Als Jüngling hatte ich mir ein Abonnement für eine Reihe diverser Streichquartette gekauft, da ich selbst ein Jugendstreichorchester, eine Blockflötengruppe und einen Knabenchor organisiert hatte. Meine Bemühungen, selbst ein Instrument zu beherrschen, waren so deprimierend, daß auch der Flügel meiner Mutter unbenutzt herumstand und von mir als Kind nur als Unterschlupf genutzt wurde. Mein Bruder, der eine Zeitlang auf ein selbst gebasteltes Schlagzeug einschlug, animierte mich damit, ihm nicht nachzueifern. Im Schulchor des Gymnasiums war ich nur einen Tag. Die „Freude, schöner Götterfunken" wurde für mich das Gegenteil. Dennoch höre ich gern Musik, von mir ausgewählte. Wagner war mir stets zu laut, auch wenn er leise gespielt wurde. Dann lieber Tschaikowsky, Mahler, Strawinsky Sibelius, Grieg, Schostakowitsch, Dvorak und als Hintergrundberieselung „Barock"-Musik, die größtenteils auch dafür gedacht ist, und keinesfalls Rock and Roll-Radau. Konzerte habe ich schon seit Jahrzehnten nicht mehr besucht. Mich stören dabei die Leute, die um mich herumsitzen. Bei Konzerten im Fernsehen irritieren mich die Großaufnahmen der Instrumentalisten. So manche – eigentlich faszinierende – Musik möchte ich nicht als Darbietung von oft kleinbürgerlichen Kunsthandwerkern entlarvt sehen. Also bleibt mir der CD-Spieler oder das Klassikprogramm von Radio Bayern, wenn es keine Gesangsdarbietungen ausstrahlt. Schließlich war eine Konzertsängerin die gravierendste Enttäuschung meines Lebens und hat mir damit diese Spezies für alle Zeiten aus meinem Repertoire getilgt. Musik aber schätze ich sehr.

Entre nous: Ich bin ein Aphoristiker...

Daß im Deutschen „Aphorismus" oft mit „Gedankensplitter" übersetzt wird, spricht nicht für meine Landsleute. Da sind uns die Franzosen mit „Maxime" weit voraus und das „Epigramm" ist vom „Gedankensplitter" so weit entfernt wie der „Verstand" vom „Esprit". Ich war etwa 16, als ich einige Aphorismen Schopenhauers in die Hand und ins Hirn bekam. Ich weiß noch, daß einer lautete: „Wie töricht sind die Menschen", sagt die Stubenfliege an der Decke, „sie laufen alle auf dem Kopf!"

Seitdem spiele ich mit Gedanken und deren Formulierungen und ernte als Produkt Aphorismen. Meinen Freunden damals gefiel mein erster Satz, den ich kundtat: „Es denken viele, sie glauben an was, doch was sie denken, das glauben sie nicht!"

Das Erdenken von pointierten Überlegungen machte mir stets Spaß und ich goutiere heute noch manchen Satz, den ich vor 30, 40, 50 Jahren schrieb. Und ich erdenke fast täglich neue, weil es ungemein reizvoll ist, aus Denkvorgängen ironische, sarkastische, witzige Erkenntnisse zu basteln. In diversen meiner Bücher stehen solche Epigramme. So etwa über 2.000 in den Bänden: „Schlag nach bei Rolfs" und „Inventur eines Hirns", die seit mehr als 20 Jahren vergriffen sind. Der erste dieser Bände fiel Professor Schmidt, der gern als der „Aphorismen-Professor" bezeichnet wird und „Das große Handbuch der Definitionen" herausbrachte, in die Hände. Er hat es für seine Anthologie gemolken. Die FAZ mokierte sich darüber, daß von mir ebensoviel Beiträge enthalten gewesen seien wie vom Frankfurter Goethe. Daraufhin, als das Handbuch noch bei Rowohlt herauskam, minderte Schmidt die Zahl der „Rolfs'schen" Gedanken. Zufällig fand ich im Duden (Nr. 12-Zitate/Aussprüche) 13 meiner Maximen.

Rechtlich ist die Chose ein Problem. Die Herausgeber behaupten, daß es sich nur um Zitate handele, somit bedürfe es keiner Zustimmung des Autors, während ich meine, daß jeder Aphorismus in sich ein abgeschlossenes Mini-Opus ist. In etwa 20 Büchern anderer Verlage habe ich mich – ohne vordem befragt worden zu sein – wiedergefunden. Wie viele weitere Editionen werden mir entgangen sein? Jedenfalls lagern in meinem Aphorismus-Archiv weit über 30.000 Aphorismen, Maximen, Epigramme und nur ganz wenige Gedankensplitter.

Warum „Esprit" ein Fremdwort bleiben wird

Die Deutschen haben allgemein mit der „Satire" Schwierigkeiten, was damit zusammenhängt, daß es wohl den Begriff „Deutscher Humor" (Deutsche Weihnacht, Deutsche Gründlichkeit, Deutsche Gemütlichkeit) gibt, ja, er „muß" sogar sein. Jawohl!

Noch nie habe ich von „Deutschem Witz" gehört, während der „Jüdische Witz" als „Humor" wiederum nicht denkbar ist, denn Witz kommt aus dem Kopf und Humor aus dem Bauch. Beim Humor sollte man sich auf die Schenkel klopfen und laut lachen, während der Witz auch sehr ernst sein kann. Das „den" Deutschen beizubringen, ist hoffnungsloses Bemühen.

„Satire" ist meines Erachtens ohne Humor denkbar; wie sie ohne Witz auskommen will, weiß ich nicht. Stets war ich der Meinung, daß das Publikum im Laufe von zwei Stunden den Standpunkt des Satirikers erkennen sollte. Der Satiriker nur als „Schiedsrichter", der die Fouls der Politiker, der Gesellschaft, der Prominenz nur registriert, ist überheblich, arrogant und feige.

Viele Kritiker waren verstimmt, wenn ich erkennen ließ, was Schiller von der Satire forderte, die Diskrepanz zwischen der Realität und dem Ideal aufzuzeigen.

Da es nun hierzulande eine Mehrheit ist, die mit Satire nicht viel anzufangen weiß, kam ich auf die Idee, interessiertes Publikum zu mir in die Wohnung einzuladen, damit die Möglichkeit bietend, dem Satiriker, abseits der Bühne, auf den Zahn zu fühlen, nachzufragen, Klartext – unpointiert – zu hören. So entstand mein „Salon d'esprit". Ich stellte Themen zur Diskussion von „Lieben Frauen anders?" bis „Was ist für mich Zukunft?", von „Glaube, Fessel oder Krücke?" bis „Wie viel Lüge braucht der Mensch?". Hier konnte man sich anonym bleibend äußern, die Ansichten anderer Teilnehmer hören und mich zur Rede stellen. Nicht satirisch vereinfacht oder überhöht. Zugegeben, der Begriff „Salon d'esprit" war hochgestapelt, denn es kommt nicht von ungefähr, dass man im Deutschen drei Wörter benutzen muß, um „esprit" einigermaßen einzuordnen: Geist, Witz und Schlagfertigkeit. Über viele Jahre öffnete ich mein Haus für jene, die sich angelockt fühlten. Es war wohl nicht nur der kostenlose Sonntagnachmittag, der gute Yünnan-Tee und der Spekulatius, den ich anbot...

Mein karelischer Freund Veikko

Er lebt in Helsinki. Zum Haareschneiden fährt er die 3 1/2 Stunden über die Ostsee nach Estland (Tallin). Dort kostet der Haarschnitt nur halb so viel. Ja, Veikko ist ein „Spinner", einer jener, die leider viel zu rar sind. Er ist ein Spinner mit Intelligenz, Witz und Lebensfreude. Natürlich weiß er, dass es absurd ist, für Hin- und Rückreise nach Tallin inklusive des Schlangestehens an der Passkontrolle über neun Stunden unterwegs zu sein, um sich preiswert die Haare schneiden zu lassen. Schließlich ist auch die Überfahrt nicht kostenlos. Um sich das etwas rentabler erscheinen zu lassen, läßt er sich auch noch preisgünstig massieren und kauft in der Konditorei haufenweise Tortenstückchen und sonstiges Gebäck, das sehr süß und nicht allzu delikat ist, doch preisgünstig. Aber nein, Veikko geht es letztlich gar nicht um die materielle Seite des Unternehmens, sondern er ist im Rentenalter und will sich immer wieder beweisen. So fuhr er vierzehn Tage mit dem Inter-Rail-Pass durch Europa, ohne zu pausieren und in einem Hotel zu übernachten. Er wollte sich nur wieder einmal selbst „prüfen". Für seine Frau Leila, Gilberte und mich konnte er sich als fachkundiger Estland-Führer beweisen. Die Überfahrt war eine laute Gesellschaftsreise, die schöne Altstadt Tallins von finnischen Touristen okkupiert und die Zollabfertigung lästig. Während Veikko sich die Haare schneiden ließ, aßen wir in einem Café billigen Kuchen und speisten rustikal im „Schoß der Großmutter", wie ein romantisches Kellerlokal witzigerweise heißt. Kurz vor uns war die Frau des US-Präsidenten Clinton, Hillary, dort. Stolz zeigte man uns die Eintragung im Gästebuch, doch dafür rentiert es sich eigentlich nicht, über den finnischen Meerbusen zu reisen.

Beinahe auf Tuchfühlung mit „unseren Bären"

1998

Auf „meiner" Insel. Dort gibt es einen kleinen Sandstrand. Eines Tages bin ich dort und höre ein lautes Stöhnen aus dem nahen Buschwerk. Ich gehe dem Geräusch ein paar Schritte entgegen und erkenne die Konturen eines Bären. Langsam gehe ich fort, so wie es beim „Grzimek" Menschen bei der Begegnung mit Bären empfohlen wird. Man soll nicht laufen. Sehr tapfer kam ich mir nicht vor... Im Blockhaus setze ich mich erst einmal hin. Uff... ich habe einen Bären! Dann am Abend, gegen 22 Uhr, sehe ich ihn in voller Größe, wie er in knapp zehn Meter Entfernung vorbeitrottet. Eigentlich sah er genau so aus, wie man Bären von Bildern kennt... Sehr dunkles braun. Etwa einen Meter hoch und einundeinhalb Meter lang. Wenige Tage später – ich wollte Blaubeeren suchen – kam ein „süßes" Bärchen von der Größe eines mittleren Hundes fröhlich angehopst und hätte mir sicherlich nichts getan, vielleicht an mir geschnüffelt... Doch schon kam die Mutter, sicherlich die Bärin, welche ich gestern am Abend sah. Ich sprach die beiden Tiere, welche drei bis fünf Meter entfernt waren, mit ein paar läppischen Sätzen, wie „Na, Ihr Typen, da seid Ihr ja...", an und schritt krampfhaft verhalten in Richtung aufs sichere Blockhaus. Als Gilberte mich einige Tage danach besuchte, legte sie den Bären einiges zum Fressen an den Strand. Auf dem Sand konnten wir gut die Tatzen erkennen und wir erfuhren, was Bären mögen und was sie verschmähen... Tomaten zum Beispiel scheinen sie für ungenießbar zu halten... Im Jahre darauf begegnete uns nur noch der inzwischen recht stattlich herangewachsene Bärensohn, den wir albern „Hansi" nannten, womit er also kaum mehr ein Mädchen sein konnte. Als er dem Blockhaus ganz nahe war, konnte ich ihn fotografieren. Eine Fensterscheibe und zwei Meter trennten uns. Wir hatten noch einige lustige Begegnungen mit ihm... Wiederum ein Jahr später erzählte man uns, daß „Hansi" abgeknallt worden ist... In manchen Geschäften in Finnland gibt es Bärenfleisch zu kaufen. Wir werden jedenfalls von keinem entfernten Verwandten „Hansis"...

Ich hatte wohl Erfahrung, doch ebenso Angst

1999

Nein, ich habe den finnischen Saimaa-See nie unterschätzt. Er kann ungemein tückisch sein, hinterlistiger als das „freie" Meer. Auf den Wellen des Meeres wird man oft nur hoch getragen und wieder in ein Wellental gesenkt. Die Wellen auf dem Saimaan sind viel kürzer, kommen schneller nacheinander und können, besonders wenn sie aus ungünstiger Richtung kommen, höchste Anforderungen an den Bootsführer stellen. Wieder einmal mußte ich mein Boot auf der 3-Stunden-Fahrt zum Winterquartier nach Lappeenranta bringen. Terminlich ließ sich nichts aufschieben, die Rückreise nach Deutschland mit dem Frachtschiff ab Helsinki war fest gebucht. Der Wind kam von Nordwesten und ich mußte jede Welle, die backbords kam, neu ansteuern. Sie trug das Boot plötzlich auf sich, schob mich mit Rasanz ins Wellental, doch schon mußte ich dagegen lenken, weil die nächste Welle kam. Ich durfte mir nicht vorstellen, was passieren würde, wenn der Motor ausgesetzt hätte. Es war eine gefährlich wilde Fahrt, die frei war von der Lust des Abenteuers, wie es einem bei manchem Wellenreiten Spaß machen kann. Ja, ich hatte auch Angst, wenngleich eigentlich keine Zeit dafür. Gern hätte ich fotografiert, doch war das unmöglich, denn keine Sekunde durfte ich das Ruder sich selbst überlassen. Ein kurzer Blick auf die Uhr zeigte mir, daß ich dank des Windes schneller war als sonst, dennoch schien der Uhrzeiger diesmal besonders träge zu sein. So ging es, bis ich vor mir jenen Landstrich sah, in dem ich die Einfahrt in das mir bekannte stets ruhige Gewässer erkennen konnte. Während dieser Fahrt hielt ich es manchmal für realistisch, daß es die letzte meines Lebens sein könnte. Als ich in den Hafen einfuhr und wieder auf meine Freundin Gilberte traf, sah sie mich an und las von meinem Gesicht ab, was sich ereignet haben mußte. Ich war froh, daß ich sie nicht mit an Bord hatte.

Mein Freund, der Lektor

Eines Tages bekam ich einen schönen Brief und in ihm stand, unter anderen freundlichen Dingen, der Satz: „Können Sie mir einen triftigen Grund nennen, warum Sie nicht Autor unseres Verlages sind?" Der Briefschreiber war Volker Michels, Lektor jenes Verlages, der sich gern einbildet, die zeitgenössische deutsche Literatur gepachtet zu haben. Von so einem charmanten Brieftext träumen gewiß über 1000 Autoren. Aber es war kein Traum. Die Realität in Person, Volker

Michels, stand vor mir. Als emsiger Besucher meines Theaters hatte ich ihn schon vordem einige Male gesehen. Nun konnte ich ihm auch sagen, warum ich mich um keinen Verlag mehr bemühte. Es ist unwahrscheinlich, daß ich in, mit und durch einen Verlag mit meinen Büchern erfolgreicher sein könnte. Als ich ihm die Konditionen meines Eigenverlages kundtat, die natürlich nur durch das florierende Theater und meine Präsenz möglich waren, gab er zu: Sie haben recht! Das können wir nicht bieten! Zu dem Zeitpunkt hatte ich bereits über 300.000 Exemplare meiner Bücher „unter die Leute gebracht".

Volker Michels und seine Frau Ursula Michels-Wenz waren (und sind) mit großem Eifer im Suhrkamp-Verlag aktiv. Während er der deutsche Hermann-Hesse-Kenner und Herausgeber ist und diverse Bücher anderer Autoren, wie u.a. Stefan Zweig, Robert Walser, Ernst Penzoldt, kreierte, war sie nicht weniger emsig bei der Herausgabe von Shaw, Rilke, Nietzsche, Schopenhauer.

Als ich 1989 meine Bühnentätigkeit beendete, war somit auch die Attraktivität meiner selbstverlegten Bücher vorüber und Michels sah nun die Chance, noch einmal an mich heranzutreten. Stieß er im Verlag auch auf Widerstand, so schaffte er es doch, daß ein von ihm arrangierter Sammelband von mir herauskam: „Rost im Chrom" (Stichworte, Stories, Stellungnahmen). In einem Essay dazu schrieb er liebenswürdige Sätze. Er begann: „Es ist jedesmal ein erfreuliches und stimulierendes Erlebnis, Menschen zu begegnen, die das, was sie tun, mit Vergnügen und Leidenschaft tun, die auch, wenn sie spielen, sich selbst spielen. Die Rede ist von Rudolf Rolfs, der nun schon seit fast vierzig Jahren in Frankfurt am Main, unserer heimlichen Hauptstadt (und New Yorker Filiale des mit deutscher Gründlichkeit betriebenen american way of life) ein alternatives Kulturprogramm bestreitet, das einzigartig in der Bundesrepublik ist." Ich weiß, daß der Verlag das Buch nur seinem Lektor Volker Michels zuliebe machte.

„Rost im Chrom" wurde, wie von mir befürchtet, zum Flop. Mit dem sympathischen Lektoren-Paar Michels verbindet mich eine langdauernde Freundschaft, ohne den Nebengedanken zu haben, daß zu meiner Lebenszeit über sie noch ein Buch von mir herauskäme.

Liebe, Freiheit, Zeit

Im Frühjahr und Herbst gehe ich in den „wilden Westen" Italiens, die Maremma, und im Sommer regeneriere ich mich in dem in der heißen Jahreszeit immer noch erholsamen Finnland, wo ich seit vielen Jahren ein kleines Blockhaus, das dort „Mökki" genannt wird, habe. Es ist schwer zu erklären, wie man das als Mensch im „Rentenalter", der jedoch keinen Rentenanspruch hat, finanziell bewerkstelligen kann. Es ist weitgehend eine Frage der Phantasie und des eigenen Anspruchs. Zu Buche schlagende Kosten verursachen eigentlich nur die jeweiligen Anreisen, die sich dann durch die lange Dauer des Aufenthaltes relativieren. Ja, ich lebe „luxuriös", jedoch nicht aus üblicher Sicht. Mein Luxus heißt „Liebe, Freiheit, Zeit". Ich habe einmal ein Chanson darüber geschrieben und da ich stets bemüht war ,die Dinge, für die ich agitiere, selbst zu erfüllen, lebe ich nach diesen Kriterien. Ich habe so viel erlebt, getan, geleistet, daß ich nicht auf die Idee komme, etwas „versäumt" zu haben. Mir ist schon in der Mitte meines Lebens recht klar geworden, was für mich wesentlich ist. So, wie ich das Alleinsein genieße, ist die harmonische Zweisamkeit mit meiner Geliebten Auslöser meiner euphorischen Lust zu leben.

Inhalt